KB044963

나는 베Nez 앙니다

| 일러두기

프랑스어 원음을 최대한 따르기 위해 c, p, q, t와 같은 발음은 외래어 표기법과는 달리 한국어의 된소리로 표기하였다 (ex. Cologne → 꼴로뉴, Boutique → 부떠끄). 종종 [흐] 발음으로 표기되는 r의 경우 가독성을 위해 [르]로 대체하였으며 (ex. Royale → 발음은 후와이얄에 가까우나 로얄로 표기), 독자들의 편의를 고려하여 일부 향료명, 인명, 브랜드명, 지명 등은 보다 익숙한 이름으로 순화하여 표기하였다(커민, 카스토레움, 비통, 파리 등).

나는 네 Nez 엉시다

김태형 에세이

ㄴㄴ ㅅㄷ

차 례

2부 | A~Z

Intro

지나간 시간이 떠오르면

향료병을 집고,

기대한 순간이 다가오면

향수병을 집는다.

1부

2015~2020

꿈을 향해, 향과 함께

2015.09

조향사가 되기로 결심한 지 어느덧 10년이 되어간다. 그 계기는 극적이지 않았으며, 오히려 초라했다. 나는 항상 곁에 두었던 교과서의 한 귀퉁이에서 조향사라는 꿈과 조우하였다. 작가인 어머니는 내가 문학의 길을 걷기를 바랐다. 하다못해 문학이 아니라면 예술가로 사는 나의 모습을 보고 싶어했다. 너무 뜨거운 햇살에는 고개를 돌려버리듯, 나는 그런 어머니의 바람에서 멀어지기 위해 애써 노력했다. 문학과 예술이 나를 감동시킬 수 있다는 사실을 부정하려 했지만, 나도 모르는 사이 그들은 내 곁에 스며들어와 있었다. 다행히도 나는 참 알맞은 시기에 조향사라는 직업을 꿈꾸게 되었다. 나의 방식으로 행할 수 있는 가장 아름다운 예술. 어쩌면 그날 내 안에 작은 빅뱅이 일었는지 모른다. 터질 듯한 열정을 가슴에 꾹꾹 눌러 담은 채, 목표를 향해 힘껏 달릴 수 있는 날이 오기를 손꼽아 기다렸다. 마침내 스무 살이 되었고 고향에 긴 이별을 고하며 머나먼 타국, 프랑스로 향했다.

꿈은 우리를 우주의 끝으로 쏘아올리기도 하고 넓은 바다의 품안에 안겨주기도 한다. 허나, 꿈은 우리의 눈을 가리고 귀를 막기도 한다. 치기 어린 내가 바라본 그 시절의 꿈 역시 다를 바 없었다. 혼자서 부대껴 살아가야 하는 현실은 꿈꾸던 것처럼 낭만적이지 않았다. 명확하게 보이던 꿈을 향한 길마저 좇으면 좇을수록 흐릿해져갔다. 걱정을 거듭할수록 또다른 걱정이 솟아나 혼란에 빠지기도 했다. 나는 잠시 멈춰 뒤를 돌아보았다. 저만치 앞일도 가늠해보았다. 그러고는 나의 꿈을 들춰보았다. 그것은 언제나 그랬듯이 붉게 타오르고 있었다. 어차피 꿈은 내 안에 있는 것. 조급해하지 말아야지. 의도치 않게 돌아갈지언정 묵묵히 그것을 껴안고 나아가야지.

나는 그렇게 마음을 먹었다. 그러자 조급하게 달릴 때에는 미처 보지 못했던 주변이 눈에 들어왔다. 도움의 손길을 내미는 스승을 만났다. 같은 길을 걷는 친구도 있다는 것을 알게 되었다. 이 글이 쓰이는 순간에도 내가 선택한 길에 드리운 자욱한 안개는 여전히 걷히지 않은 듯하다. 그래도 나는 이제 혼자가 아니라는 것을 안다. 나는 그렇게 조금씩 전진한다. 꿈을 향해, 향과 함께.

향은 예술이다

2015.09

나에게 향수는 예술작품이다. 진정한 향기에는 이야기가 담겨 있다. 언젠가 느꼈던 감각, 기분, 기억, 그리고 추억. 향수에는 조향사의 여러 조각이 녹아들어가기 마련이다. 톨스토이가 예술은 사람과 사람 사이의 소통이라 했던가. 그렇다면 조향 역시 지극히 섬세한 예술이다. 또 그렇기에 조향사는 예술가이다. 작곡가가 오선지 위에 음표들을 춤추게 하고, 화가가 수백 가지의 색으로 또다른 세계를 그려내며, 작가가 종이 위 단어들에 생명을 불어넣듯, 조향사는 아름다운 향료를 구사하여 향수에 자신의 이야기를 채우고 감성을 입힌다. 나의 예술은 여기서 끝나지 않는다. 이렇게 만들어진 향수는 시향하는 사람에게 전달되어 또다른 경험과 감정을 이끌어낸다. 조향사가 담은 이야기에 공감하여 자신의 추억을 되짚어보기도 하고, 토닥여주는 향기에 슬픔을 맡기며 자신을 추스르기도 한다. 이런 상호작용을 모두 포함한 예술이 바로 향이다.

기쁘게 할 수 있는 일

2015.09

나는 꿈을 좇으며 늘 궁금해하였다. 보이지 않는 향을 도대체 어떻게 다룰 수 있는 것일까. 언젠가는 나도 향기에 내 감정을 담을 수 있을까. 안타깝게도 내가 있던 곳에서 얻을 수 있는 정보는 늘 한정적이었다. 하지만 나는 전문가가 되고 싶었다. 답을 찾기 위해서 향의 본고장이라 불리는 프랑스로 떠나야 했다. 나의 긴 여정은 그렇게 시작됐다.

매 순간 긴장 속에서 살아야 했던 나는 가끔 고국으로 돌아와 지친 몸과 마음을 재충전하는 시간을 가졌다. 그러나 애석하게도 내가 돌아온 곳에서는 향수가 예술로 다루어지지 못하고 있었다. 대부분의 시향자들이 유행에 휩쓸려 향수를 찾았다. 향수는 그저 한낱 소비품이자 남에게 뽐내기 위한 사치품으로 취급되고 있었다. 누군가는 남이 만든 향을 복제하여 팔았고, 그 향은 자신의 향으로 둔갑되었다.

조향사는 하나의 향을 그려낼 때 무언가를 공들여 담아낸다. 향수가 가진 진정한 가치는 그 무언가에 감동하고, 이어서 또다른 감동을 창출해내는 것에서 나온다. 내가 느낀 것은 바로 이러한 소통의 부재, 그리고 존중의 결여였다. 변화가 필요하다는 것을 절실히 느꼈다. 향수를 통해 더 아름다운 것을 느낄 수 있다는 사실을 많은 이에게 알리고 싶었다. 또 향의 세계에 들어오고자 하는 사람들에게 내가 받은 손길을 돌려주고 싶었다. 내가 할 수 있는 일은 그저 작은 것이라도 나누는 것뿐이었다. 기쁘게 할 수 있는 일, 나의 작은 울림이 누군가가 애타게 두드리던 문을 열어주는 열쇠가 될 수 있기를 진심으로 기대한다.

그라스를 회상하다

2015.09

두번째 방문이었다. 조금 더 어렸을 때 그라스Grasse : 204쪽
를 찾은 적이 있었다. 반나절의 짧은 방문이었지만, 오랫동안
나의 머릿속에 생생한 모습으로 남아 있었다. 어느덧 시간이
흘러 훌쩍 자란 모습으로 찾아간 그라스의 풍경은 예전 그대
로였다. 프랑스 시골 마을은 시간을 타지 않는 듯, 몇 년이 지
나서 다시 간다 하여도 눈에 띄게 변한 모습을 찾는 것이 쉽
지 않았다. 하지만 이 도시가 내게 주는 의미는 흘러온 시간
만큼 더 깊어져 있었다. 그 당시에는 향수의 고장이라는 곳에
발을 디뎌보는 것만으로도 충분히 흥분되었다. 그러나 지금
은 달랐다. 혼자 구석구석 자유로이 다니며 더 많은 시간을

보내고, 향수 마을 그라스가 아닌 프랑스 시골 마을 그라스의 진짜 모습을 몸소 받아들이고 싶었다.

다시 한번 그라스로 떠나고자 마음먹은 것은 어느 늦은 봄 날이었다. 그해 겨울은 나에게 유독 혹독했다. 오랫동안 마음 속에 간직해왔던 곳을 찾는 일이 나 자신을 추스르는 데 도움 이 될 것 같았다. 낡은 수동카메라를 어깨에 메고 남쪽으로 향했다. 니스Nice에서 지방 열차를 타고 여러 역을 거쳐 올라 가자 종점인 그라스에 다다랐다. 기차에서 내려 올려다본 하 늘엔 구름만이 가득했지만 나의 가슴은 두근거리기 시작했 다. 이국적인 느낌을 풍기는 역사를 한참 응시하다 호텔로 걸 음을 옮겼다. 프로방스알프코트다쥐르Provences-Alpes-Côte d'Azur에 속해 있는 이 작은 언덕배기 마을은 엄지손가락에 새 겨진 지문처럼 꼬불꼬불 난 길들이 특히나 매우 인상적이었 다. 몇 번이나 길을 잘못 들어 한참을 헤매다 숙소에 도착했 다. 그러나 그라스에서 길을 잃는 것은 그렇게 곤혹스러운 일 이 아니다. 세월이 묻어나는 프로방스풍 건물들과 다채로운 골목 상점들 사이를 통과하고 있자면 누구든 행선지를 잊어버리고 자유로운 방랑객이 되어 있을 테니 말이다. 내가 머문 파노라마 호텔Hôtel Panorama은 마을의 중심가에 위치해 있었다. 맞은편에는 꾸르 오노레 크레스프Cours Honoré Cresp 광장이 있는데, 숙소를 나설 때나 들어올 때 늘 그곳에 서서 그라스의 전경을 내려다보곤 했다.

내가 짐을 풀고 가장 먼저 향한 곳은 국제향수박물관Musée International de la Parfumerie이었다. 광장을 지나 오르막을 조금 타고 올라가면 저택의 풍모가 느껴지는 건축물을 만날 수 있다. 머스터드 색상으로 칠해진 아름다운 건물의 벽면에는 연청색의 창문들이 줄지어 달려 있고 프로방스식 변색 기와가 지붕을 덮고 있다. 이 박물관은 1918년 프랑수아 까르노 François Carnot가 작게 문을 연 이후 여러 기부자와 조향사의 도움을 받아 성장했다. 그러고는 1989년 국제향수박물관으로 확대되어 그라스를 넘어 프랑스 전체의 살아 있는 향수사를 증언하고 있다. 내부를 둘러보면 역사적인 향수들과 독특한 모양의 플라꽁Flacon:191쪽, 가지각색의 향수 액세서리들이 전시되어 있으며, 시청각 효과를 더하여 온몸으로 향을 체험할 수 있는 시설도 준비되어 있다. 프랑스어를 할 수 있는 지인과 함께 둘러본다면 더 값진 경험이 될 것이다.

광장으로 돌아가는 길에 아래쪽으로 난 샛길을 발견했다. 마치 어느 여신의 정원으로 향하는 통로처럼 보랏빛 꽃줄기가 감싸고 있는 사잇길을 내려가자 또하나의 박물관이 나를 맞이했다. 그라스에 연고를 둔 가장 유명한 향수 브랜드를 꼽자면 영국의 빅토리아 여왕이 찾았다는 일화로 유명한 몰리나르Molinard와 270년의 긴 역사를 간직한 갈리마르Galimard, 그리고 바로 프라고나르Fragonard를 들 수 있다. 그라스 출신의 화가 장 오노레 프라고나르Jean-Honoré Fragonard의 이름을 따온 프라고나르는 전통적인 방법을 고수해 생산해내는 향제품뿐 아니라 카디건, 가방, 스카프 등 패션 분야로 제품 라인을 확장해가며 전 세계 사람들의 사랑을 받고 있다. 내가 방문한 곳은 1926년부터 향수공장을 재정비하여 박물관으로 단장해놓은 건물이었다. 과거 향수와 비누를 제조하는 데 사용된 장비들이 진열되어 있는데, 시간을 맞춰 간다면 무료로 공장 견학도 할 수 있다. 얼마 전 프라고나르가 한국에도 진출하였다는 소식이 들려왔다. 그라스의 향취를 느껴보고 싶다면 주저하지 말고 그들의 향기를 시향해보기를 권한다.

프라고나르 박물관을 빠져나오자 어둑해진 분위기가 자아내는 저녁의 기운을 느낄 수 있었다. 주위를 둘러보니 거리마다 작은 풍선을 달아 올린 듯 가로등에 불이 켜져 있었다. 나는 아늑해진 공기에 취해 더 깊은 곳으로 들어갔다. 바캉스 철이 임박하지 않았지만 그라스의 골목은 수많은 관광객으로 활기를 띠었다. 한참 동안을 빼곡히 들어선 상점들에 정신이 팔려 돌아다니다 적막한 뜰에 도달했다. 위를 올려다보니 진한 남색으로 젖어가는 하늘을 배경으로 아담한 탑을 끼고 있는 건물이 눈에 들어왔다. 호텔 앞 광장에서 내려다볼 때 프라고나르 박물관 너머로 불쑥 솟아 있던 노트르담 뒤 퓌이 대성당Cathédrale Notre-Dame-du-Puy이었다. 13세기에 완공된

이 성당 안으로 들어가면 아치로 연결돼 있는 잿빛 돌기둥들이 단박에 시선을 사로잡는다. 벽면에는 프라고나르를 비롯한 유명 화가들의 작품들이 몇 점 걸려 있다. 상대적으로 밋밋한 겉모습과는 다르게 내부에서 중세시대의 느낌을 물씬 풍기는 이 이색적인 건축물도 그라스의 독특한 매력 중 하나다.

화단을 서성이다 성당과 그라스 시청을 잇는 통로 아래 뚫려 있는 길이 눈에 들어왔다. 왠지 낯이 익은 저 길 너머가 궁금하여 서둘러 발걸음을 옮겼다. 뒷편으로 나타난 곳은 가운데 정원을 품고 있는 자그마한 광장. 나는 한 바퀴 빙 돌아보다 마치 액자에 걸린 사진처럼 건물과 건물 사이로 비춰진 풍경을 보고 환하게 미소 지었다. 몇 년 전 겨울, 처음으로 그라스를 여행했을 때도 지금 이 자리에서 마법 같은 장면을 목격했다. 수백 마리의 작은 새가 군무를 펼치며 하늘을 휘젓던 장관이 또다시 나의 눈앞에 오버랩되어 펼쳐졌다. 보자기처럼 넓게 퍼졌다가 한 점이 되어 모이고 또 큰 흐름을 만들어

이리저리 휩쓸려가는 새떼. 나는 한동안 회상에 잠겨 기억의 징검다리 위를 뛰어다녔다. 물밑에 가라앉은 듯 잠시 내려놓았던 여러 추억들이 다시 떠올랐다. 내가 과거의 나와 이별을 고한 것은 해가 완전히 저물어버린 후였다. 가벼워진 마음으로 숙소를 향해 발을 내디뎠다.

그라스에서 처음 맞는 아침 하늘은 한없이 맑았다. 나는 서둘러 문밖으로 나왔다. 이 도시를 보고 느낄 시간이 그리 길게 남지 않은 참이었다. 다음날 이른 아침 그라스를 떠나야 하기에 마지막날이라는 마음가짐으로 하루를 시작했다. 여느 때와 같이 숙소를 나와 광장에서 도시 전체를 크게 한번 둘러보았다. 구름에 가려 파란 하늘을 찾아보기 힘들었던 어제와 달리 오늘의 날씨는 다행히 화창했다. 기분 좋은 시작이었다. 어제 관광 안내소에서 받은 지도를 훑어보고 표시된 목적지를 향해 발걸음을 뗐다. 중심지를 벗어나니 관광객들이 점차 줄어들기 시작했다. 주위가 한적해졌다. 관광지 그라스가 아닌 프로방스의 작은 시골 마을 그라스를 만나고 있었다. 내가 다다른 곳은 그라스에서 찾은 두번째 향수 브랜드 몰리나르의 박물관이었다. 한국 사람들에게는 아직 생소한 전통 향수 브랜드 몰리나르는 젊은 화학자였던 몰리나르가 1849년 문을 연 이후 150년이 넘는 시간 동안 가족 경영 방식을 고수하며 운영되어왔다. 나의 관심을 가장 먼저 사로잡은 것은 박물관 앞에 가꾸어져 있는 작은 정원이었다. 지중해의 느낌을 강하게 내뿜는 저택을 배경으로 열대 나무와 알록달록한 꽃들이 어우러져 있는 광경은 마치 동화책 속에서 갓 끄집어낸듯 오묘했다. 박물관 내부도 외부 못지않게 재미난 요소들이 많았다. 소장품을 배치해놓은 작은 방에는 그 당시 프랑스에서 큰 명성을 날렸던 라리끄Lalique나 바까라Baccarat 같은 유리 세공인과의 공동 작업물들이 전시되어 있었다. 브랜드의 긴 역사에 얽혀 있는 유명인과의 일화 또한 엿볼 수 있었다. 몰리나르가 사용했던 옛 향수공장의 증류기계는 에펠탑을 설계한 귀스타브 에펠Gustave Eiffel에 의해 고안되었으며, 영국의 빅토리아 여왕이 그라스를 여행할 때 그의 오 드 꼴로뉴Eau de Cologne : 178쪽를 구매한 것으로 전해진다. 박물관은 안내를 받으며 견학할 수 있고, 함께 운영되는 매장에서 몰리나르의 모든 향수 컬렉션도 만나볼 수 있다. 게다가 이 박물관에는 향에 관심이 있지만 원료를 접해보거나 조향을 체험해본 적 없는 이들에게 작은 선물이 될 수 있는 아뜰리에가 준비되어 있다. 르 바 데 프라그랑스Le Bar des Fragrances는 3개의 향 베이스와 6개의 에센스 원료를, 라뜰리에 데 파팡L'Atelier des Parfums: 270쪽은 100개가 넘는 에센스 원료를 바탕으로 자신만의 향수를 직접 만들어보는 경험을 선사한다. 이곳이 나의 첫 번째 향이 완성된 곳이었다. 비록 향 공부를 시작하기도 전의 작품이지만 그것은 아직도 나의 향수 진열장 첫 줄에 놓여 있다.

브장송Besançon으로 돌아가는 기차가 역에 도착한 후에도 나는 한동안 차 안에 오르지 못하고 있었다. 2박 3일의 짧은 여행이었지만 다시 올려다본 그라스의 중심가가 눈에 많이 익었음을 느낄 수 있었다. 이곳에서 많은 것을 얻었으나 나는 더 많은 것을 보고 느끼기를 원하고 있구나. 구름 한 점 없는 파란 하늘과 그 밑으로 끝없이 펼쳐진 라벤더밭 사이에 서 있는 상상을 해보았다. 바람이 불어오면 코끝에 갖다대지 않아도 라벤더 향을 맡을 수 있을 것이다. 나는 다음 여행을 기약하며 출발하려는 기차에 서둘러 뛰어올랐다.

엔젤에 대한 고찰

2015.12

프랑스에 온 지 1년이 채 되지 않았을 무렵 나는 꿈에 대한 막연한 목표의식만 가지고 있었을 뿐, 향수에 관해 제대로 알고 있는 것이 그리 많지 않았다. 혼자서 그것을 연구할 도리가 없다고 합리화해왔지만 지금 와서 돌이켜보면 진실된 열의보다는 그저 말과 허세가 앞섰던 것이 사실이다. 엔젤Angel, 1992은 내 향수 인생의 초창기 즈음 등장한 향수이다. 이 작품을 만나게 된 계기도, 또 이것을 지금까지 기억하는 이유도 무척이나 뚜렷하다.

프랑스에서 맞이한 첫번째 12월은 상당히 특별한 시간이었다. 그 당시 나는 대학 입학을 위해 통과해야만 하는 언어 시험을 코앞에 두고 있어 매우 초조한 상황이었다. 시험을 통과하면 펼쳐질 대학 생활에 대한 기대감과 합격하지 못하면 또 1년을 허무하게 잃게 될지도 모른다는 불안감 사이에서 롤러코스터를 타고 있었다. 그러던 도중 첫사랑을 만났다. 지인의 소개로 알게 된 연상의 그녀는 모든 부분에서 나를 자극했다. 시험 디데이는 한 자릿수로 떨어져 나를 위협해왔지만, 나는 온종일 그녀에게 어필할 수 있는 무언가를 찾아 헤맸다. 의외로 답은 간단했다. 향수를 선물하는 것. 내가 있던 동네의 향수 판매점을 모두 돌아다닌 결과, 이 녀석을 선물하기로 마음먹었다. 그렇게 엔젤은 내가 산 두번째 향수가 되었다.

녀석을 사기 전, 그녀에게 어떤 향수를 좋아하는지 물어본적이 있다. 그녀는 프라다Prada의 캔디Candy, 2011를 애용하고있으며 달달한 향에 끌린다고 대답했다. 그래서 나는 하루종일 '달달한 향'을 찾는 데 매진했고 결국 발견한 것이 엔젤이었다. 그 당시에는 뭣도 모르고 점원의 추천을 받아 구매했지만, 돌이켜 생각해보면 그것은 당시 내 취지에 가장 부합하는 선택이었다.

현지의 표현을 직역하자면 엔젤은 최초의 '식욕을 자극하는' 구르망Gourmand 향수이다. 이 향수를 출시하게 된 배경은 이렇다. 바야흐로 1991년, 프랑스의 대표적인 화장품 그룹인 클라랑스Clarins는 디자이너 티에리 뮈글러Thierry Mugler와의 합작을 통해 회사의 첫번째 향수 출시를 준비하였다. 이 야심찬 계획은 시작부터 끝까지 뮈글러의 삶에 초점을 맞추었는데, 엔젤의 향은 그의 어린 시절을 비추는 거울이었다고 한다. 초콜릿, 솜사탕, 젤리, 그리고 설탕과자. 엔젤을 한 번이라도 맡아보았다면 위에 나열된 달달한 향기를 쉽게 떠올릴 수 있을 것이다. 이 향수의 또다른 특징은 파출리Patchouli:271쪽가 과도하게 사용되었다는 점이다. 뮈글러의 어머니가 파출리를 상당히 좋아했기 때문인데 달콤한 느낌을 주는 이 독특한 나무 향은 그의 어린 시절을 구성하고 있는 주된 기억의 줄기라고 한다. 그 당시 전무했던 '미식'

향수 엔젤은 1992년 출시되어 전 세계에서 선풍적인 인기를 끌었다.

매장에서 엔젤을 처음 접하고 마케팅적 이미지에 강하게 영향을 받았을 때는 그저 달달한 향으로만 느꼈었는데, 향기를 심층적으로 공부하고 나서는 이 제품이 가진 특징을 세밀하게 잡아낼 수 있었다. 엔젤의 톱 노트*가 지나가면서부터 에피쎄Épicée : 184쪽 계열 원료인 커민Cumin이 상당히 두드러지는 것을 알아차린 것이다. 개인적인 느낌일 수도 있어 여러 동료들과도 의견을 나누어봤는데, 그중 한 명은 "베이스 노트로 내려갈수록 그저 커민밖에 안 느껴진다"라고 말할 정도였다. 그러나 향수 포럼에 들어가봐도 사람들의 관심은 달콤함에만 집중되어 있지, 스파이시 노트를 논하는 이는 거의 없었

---

* 노트 : 하나나 여러 원료의 배합에서 풍기는 어떤 냄새에 대한 추가적인 인상을 가리키는 말이다. 톱 노트는 향수를 시향지 혹은 피부에 뿌린 후 발향이 될 때 맡아지는 향이다. 미들 노트는 톱 노트가 끝남과 동시에 지속되는 향의 단계로 브랜드의 정체성을 좌우하는 핵심이라고 보면 된다. 베이스 노트는 '잔향'이다. 스파이시 노트란 시나몬, 정향나무, 후추를 연상시키는 후각 효과를 가진다는 말이다.

다. 향수의 마케팅이 향의 일부분을 극대화시켜 소비자들의 인식에 심어놓은 것이다. 이렇듯 마케팅은 향수의 세계에서 아주 중요한 역할을 한다.

엔젤이 프랑스를 넘어 미국 소비자들의 마음마저 빼앗을 수 있었던 비결은 비단 그의 독특한 향에 있었던 것만은 아니었다. 이 향수의 출시와 함께 시도되었던 마케팅은 오늘날까지도 아주 성공적이고 혁신적인 사례로 평가되고 있다. 뮈글러의 세계는 엔젤의 향뿐만 아니라 향수병과 전반적인 이미지에도 큰 영향을 미쳤다. 향수병은 그의 심벌이라 일컬어지던 별 모양을 본떴고, 제품과 패키징에는 그의 패션 작품에 주로 등장하던 3가지 색(파랑색, 검정색, 은색)이 사용되었다. 신비로움과 꿈을 상징하는 별을 차용한 것은 마케팅적으로도 고려된 전략이었고, 뮈글러의 3색 역시 프랑스에서 고급스러움이나 명품의 이미지로 통하고 있었다. 엔젤이라는 이름도 그러하다. 엔젤, 즉 천사라는 존재는 뮈글러에게 항상 동경의 의미로 여겨졌다. 그런데 왜 프랑스어 앙쥬Ange가 아닌 영어 엔젤Angel이 향수의 이름이 되었을까? 그것은 클라랑스 측에서 국제적 통용성을 갖춘 이름을 원했기 때문이다. 그들이 생각하기에 엔젤은 국경과 언어를 초월하고, 어떤 문화나 종교권에서도 모두 받아들여지는 이름이었던 것이다. 엔젤의 매출 80퍼센트가 자국 외에서 발생하고 있다는 사실이 성공적인 네이밍이었음을 증명한다. 앞에서 언급한 사례 외에도 뮈글러와 클라랑스는 향수 재충전 시스템을 상용화하는 등 눈여겨볼 만한 마케팅을 여럿 시도했고, 그 덕에 20년이 훌쩍 지난 오늘날에도 프랑스 여성 향수 판매량 10위권의 자리를 지키며 명성을 이어가고 있다.

엔젤을 처음 만난 겨울에는 그가 향수사에서 이렇게 큰 의미를 가진 존재인지 알지 못했다. 알았더라도 나의 선택은 흔들리지 않았겠지만 시간이 지나면서 이 향수는 내게 더욱 특별해졌다. 나 혼자 뜨거웠던 첫사랑은 오래가지 않았다. 그후로, 어쩌면 아직까지도, 그녀 때문에 매우 힘든 시간이 종종 찾아왔다. 그렇기에 내 생애 처음으로 누군가를 위해 선물했던 향수인 엔젤은 씁쓸하게도 나에게 최악의 향수로 각인되었다. 하지만 향수를 공부하는 입장에서 맡지 못할 향수가 있어서는 안 된다. 몇 년간 극도로 싫어하고 멀리하였던 엔젤도 점차 다시 가까이하게 되었다. 애증의 관계가 된 향수, 하지만 시간이 좀더 지나가면 이것도 아름다웠던 추억으로 남게 되지 않을까.

그것의 냄새

2016.09

내가 스스로를 프랑스 유학생이라 소개할 때면 자주 받는 질문이 몇 있다. 그중 하나가 바로, "프랑스에 있으면 맛있는 음식 많이 맛보겠네요?"다. 질문한 사람의 체면을 살려주기 위해서라도 웃어넘기지만 사실 썩 듣기 좋은 질문은 아니다. 현실은 그렇지 못하기 때문이다. 한국인들이 떠올리는 프랑스의 감각적인 코스 요리는 현지인들도 자주 경험할 수 없는 고급문화이다. 물가가 비싼 프랑스에서 생활하는 유학생에게 외식이란 작은 레스토랑을 가더라도 그 주의 생활비와 충분한 타협을 이루고 나서야 감행할 수 있는 일이다. 나의 주식은 계란밥과 볶음밥. 좋은 소식이 들리는 날이나 손님을 맞이하는 날은 특별히 제육볶음을 준비한다. 대부분의 자취생들은 공감할 만한 식단이다. 요리를 나름 즐겨했음에도 불구하고 길어지는 자취 생활 속에서 언제부터인가 혼자 하는 식사에 큰 의미를 두지 않게 되었다. 하물며 본가에서 반찬을 받아올 수도 없는 처지에 있기 때문에 식단의 다양성은 더 협소해질 수밖에 없다. 계란밥으로 연명하는 나의 생활을 지켜본 한 친구는 다음번 재회할 때는 내가 닭이 되어 있을 것 같다는 말을 한 적도 있다. 아, 그래도 너무 안타까워하지는 말자. 이곳에도 나를 위로하는 음식이 있으니, 프랑스의 전통 요리는 아니지만 현지의 어느 골목에 들어서도 이것을 전문으로 하는 음식점을 흔히 발견할 수 있는, 상대적으로 저렴한 가격과 접근성 덕분에 나에게는 이미 너무나도 친근한 대상이 되어버린 그것. 이제는 네온사인으로 빛나는 그것의 간판이 눈에 들어오기만 하면 냄새가 진동하는 듯한 착각마저 든다. 배가 고플 대로 고파진 하굣길, 나는 골목에서 풍겨오는 그 잔인한 냄새를 외면하지 못한다. 이것의 유혹은 마치 가로등 불이 하나씩 켜지는 저녁, 먹자골목에 번져오는 삼겹살 냄새와 같다. 아니 우연히 엘리베이터에서 마주친 배달기사의 손에 들린 치킨 냄새 같다고 하자. 프랑스의 길거리에서 나의 후각과 미각을 동시에 흔들어놓을 수 있는 유일한 냄새의 정체는 바로 케밥이다.

이집카, 오랜 꿈,
그리고 아버지

2016.09

2011년 2월, 고등학교 2학년을 앞둔 겨울방학, 나의 목표를 두 눈으로 확인하고자 프랑스 땅을 밟았다. 그 여정 안에서 처음으로 방문한 향전문교육기관 이집카ISIPCA:219쪽는 소년의 당찬 포부에 오히려 물음표를 달아버렸다. 그러나 나는 한국으로 돌아온 뒤, 어린아이가 "저는 커서 대통령이 될 거예요" "하버드에 들어갈 거예요"라고 당당하게 말을 하듯 저 곳이 바로 나의 꿈이라며 떠벌리고 다녔다. 그때로부터 5년하고도 7개월, 프랑스로 떠나온 지 3년하고 8개월이 지난 시점에 나는 이집카에 입학하게 되었다.

꿈이라는 것은 지독하게 역설적이다. 당찬 포부를 머금고 열심히 달린다 하더라도 그 문턱조차 밟지 못하는 경우가 허다하다. 또한 본인의 신념과 행동에 끊임없이 의문을 던지고 자성하지 않는다면 그저 자신만의 세계에 빠져 사는 허황된 인간으로 보일 수도 있다. 불행하게도 프랑스에서 향을 공부하는, 조향사를 꿈꾸는 한국인으로서의 내 모습은 현지 사람들에게 그러한 모습으로 비추어질 가능성이 농후했다. 사람 많은 것으로 유명한 중국도 아니고, 스시나 망가로 유명한 일본도 아닌 동쪽 변방의 작은 나라에서 건너와 프랑스인에게도 생소한 조향을 공부하겠다는 이 소년이 과연 꿈을 이룰 수 있을까. 현지인들의 의견을 물을 것도 없이 내가 향을 공부하겠다고 선언했을 때 우선 어머니부터 매우 당혹해했다. 여러 이유가 있었지만 가장 큰 이유는 바로 돌아가신 아버지가 아노스미Anosmie:149쪽, 즉 후각 상실증을 앓았기 때문이다. 그는 서울 달동네에서 유년 시절을 보냈는데, 베란다에 비닐막을 쳐놓은 공간을 자신의 방으로 사용하였다고 했다. 난방 시설도 없이 가을 무렵부터 불어오는 차가운 칼바람을 정통으로 맡다보니 어느 순간부터 더이상 냄새를 맡지 못하게 되었다고 했다. 다행히 선천적인 결함이 아니기에 그것이 나에게 유전될 가능성은 없다. 그러나 어머니는 어렸을 때부터 코피를 자주 흘리던 나에게 "이게 다 네 아빠가 코가 약해서 이런 거야"라고 말하곤 했다. 그랬던 아이가 코를 놀려 밥벌이를 해야 하는 조향사가 되겠다고 하니 얼마나 얄미운 청개구리 같았을지. 하지만 내가 알고 있는 꿈의 진정한 매력은 미치광이로 보일지언정 역경과 편견을 뛰어넘고 이루어낸 후 비로소 얻을 수 있는 값진 성취감에서 나온다는 사실이다. 거기다 나는 "아버지가 아노스미인 조향사라니, 이 얼마나 멋진 아이러니인가!" 하며 흥분하기까지 하였다.

사실 나는 그제야 아버지가 냄새를 맡지 못했다는 것을 알았다. 그의 이른 죽음에도 불구하고 그를 동정한 적 없던 나는 차츰 시간이 흐르면서 처음으로 아버지가 불쌍한 사람이란 생각을 하게 되었다. 우리의 오감은 독립된 기관임과 동시에 서로 긴밀한 상호작용을 주고받으며 외부 자극을 받아들이는 유기적 기관이다. 후각은 매우 중요하지만 은연중 우리가 당연시하여 잊고 있는 공기와 같은 감각이다. 후각은 우리의 기억이나 추억을 가장 빠르고 효과적으로 불러일으킬 수 있다. 예를 들어 우리의 뇌를 컴퓨터라고 하고 수많은 기억을 암호가 걸린 파일들이라고 할 때, 후각은 비밀번호가 빼곡히 적힌 암호장 같은 역할을 하는 것이다. 게다가 후각 세포는 5가지 감각 중에 가장 종류가 많아 제일 복합적이고 다양하게 자극을 받아들일 수 있다. 아마도 아버지는 남들과 같은 꽃을 마주해도 그 꽃의 향기에서 퍼져오는 감정부터 그 감정에 얽힌 추억들까지 그 어떤 것도 쉽게 떠올리지 못했을 것이다. 또 어떤 음식을 접해도 냄새를 맡지 못하고 그저 미각 본연의 맛이나 혀로 전달되는 촉각 정도밖에 느끼지 못했을 것이다. 그렇다면 내가 조향사가 되는 것은 아이러니가 아니라 후각을 잃은 아버지의 안타까운 운명을 풀어낼 사명적 흐름이 아닐까.

향수를 공부하다보면 역사적인 조향사부터 오늘날 가장 활동적인 조향사까지 여러 유명 인물들을 배우게 된다. 그중 나에게 가장 신선한 충격을 안겨주었던 존재는 조향계의 베토벤이라 불리는 장 까를Jean Carles:225쪽이다. 그는 조향 역사에 빼놓을 수 없는 중요한 인물이자 여러 걸작을 배출해낸 유능한 향기 장인이다. 또한 나에게 아버지를 떠올리게 하는 매우 특이한 이력을 가진 조향사이다. 그가 조향계에 남긴 업적을 간단히 살펴보자. 장 까를은 최초의 조향사 양성 기관인 에꼴 드 파퓨메리 드 루르École de Parfumerie de Roure를 설립하고 향료교육방식을 체계적으로 정립한 향 교육자이다. 그뿐 아니라 까르벵Carven과 디오르Dior:171쪽 같은 유명 브랜드의 향수를 전담하기도 하였는데, 여기서 주목해야 할 점은 그의 컬렉션에서 가장 유명한 향수인 마 그리프Ma Griffe, 1946와 미스 디오르Miss Dior, 1947가 아노스미인 상태에서 동료 조향사의 도움을 받아 만들어졌다는 것이다. 이것이 그의 발자취가 음악계의 거장 베토벤에 비견되는 이유이다. 종종 조향사들은 감기에 걸리면 어떻게 작업을 하느냐는 질문을 받는다. 물론 제일 중요한 것은 감기에 걸리지 않게 조심하는 것이겠지만, 만약 코를 사용할 수 없는 상태에서 작업을 해야 하는 경우 조향사는 원료의 특색을 기억해내고 그들의 조합이 주는 효과를 어느 정도 예상해야 한다. 그래서 조향을 공부하는 학생은 원료 학습에 가장 많은 시간을 투자하여 반복적이고 꾸준한 노력을 쏟는다. 그러나 아무리 능력 있는 조향사라 하더라도 후각에 전혀 의존하지 않고 완성도 높은 작품을 만든다는 것은 거의 불가능한 일이다.

디오르에서 꾸준히 판매되고 있는 미스 디오르를 시향해 봤거나 사용하는 독자들이 꽤 많을 것 같지만, 오늘날의 그것은 장 까를의 작품이 아니며 미스 디오르 오리지널Miss Dior Original, 2011이라는 에디션에서 그의 향취를 찾아볼 수 있다. 재스민Jasmine:224쪽, 로즈Rose:280쪽, 오렌지꽃 등 섬세하게 조율된 부케 플로랄Bouquet Floral이 우아한 여성미를 뿜내고, 시프레Chyprée:161쪽 계열 원료들이 낮게 깔리며 고급스러움과 부드러움을 더해준다. 미스 디오르의 이름이 아깝지 않은 이 향수야말로 장 까를이 그토록 존경받는 이유를 명쾌히 설명할 수 있는 작품이라고 생각한다.

유학을 반대하던 어머니를 설득하기 위해 아무것도 몰랐던
내가 만들어낸 조잡한 언행들이 스쳐지나간다. "엄마, 이집카
에만 들어가면 정말 유능한 조향사가 될 거고 샤넬 같은 회사
에 들어가 돈도 수십억씩 벌 거예요!" 언성을 높이며 말했지
만 그때의 나는 이집카에 들어갈 구체적인 계획조차 갖고 있
지 못했다. 그 이후 향 공부를 본격적으로 시작하면서부터 저
런 말은 두 번 다시 입 밖으로 내뱉지 못하였다. 꿈에 대한 확
신이 희미해질 때마다 샛길로 빠진 적이 한두 번이 아니었지
만, 운이 좋게도 가장 중요한 문을 두드리는 데 성공했다. 그
러나 이제 막 그 문을 열었을 뿐이기에 앞으로 주어진 길을
반듯이 걸어나가 멋진 결말을 맺고 싶은 마음만이 간절하다.
이따금 찾아오는 믿기지 않는 기회와 그것을 위한 노력, 그리
고 주변의 도움에 항상 감사하며 앞으로 찾아올 꿈들에 가슴
이 설렌다.

하동의 향기

2017.05

불로뉴Boulogne에 자리잡은 지 얼마 되지 않았던 2016년 초, 어머니가 프랑스를 찾았다. 일종의 집들이였다. 어머니는 바리바리 여러 반찬들을 싸들고 왔는데 그중에서도 가장 내 입맛을 사로잡은 것은 간장게장이었다. 어렸을 적부터 '게장 킬러'라고 불리던 나를 위해 아껴 드시던 것을 싸왔다고 했다. 내가 그것을 해치우기까지는 채 3일이 걸리지 않았다. 어머니는 이 게장이 지리산 자락 밑으로 수려하게 흘러내리는 섬진강이 준 귀한 선물이라고 했다. 그후 어머니는 가끔씩 섬진강이 가로지르는 하동군의 이야기를 꺼내곤 했다. 또 그때마다 나와 함께 그곳을 여행하고 싶다는 얘기도 빠뜨리지 않았다.

시간이 흘러 게장의 기억은 지난 추억이 되었고 새해가 밝았다. 2017년은 여러모로 내게 의미가 깊은 해이다. 베르사유Versailles로 이사를 하게 되었고, 이집카에서도 첫 학년을 마쳤다. 무엇보다도 올해는 아버지의 20주기이다. 나이가 들면서 아버지라는 존재가 주는 무게감이 크게 느는 듯하다. 해외에 있기 때문에 도리를 다하지 못한다는 죄책감이 마음속에서 무거운 돌처럼 나를 짓누르던 적이 많았다. 덕분에 평소 그에 맞는 책임감을 길러야겠다는 의지가 솟아나기도 했다. 특히 이러한 감정은 추모 행사가 있던 4월을 보내면서 더욱 미묘해져갔다. 초조해진 나는 학년을 마치자마자 한국행 비행기 티켓을 끊었다. 바로 그다음 날 비행 일정이 잡혔고 곧바로 떠날 채비를 하느라 움직임이 분주해졌다. 짧은 귀국길에 오를 때마다 짐을 싸는 것 외에도 주변 지인들에게 작은 선물을 준비하는 것이 중요한 일정 가운데 하나였다. 특히 이번 5월에는 어버이날까지 겹쳐 부모님이 평소 이야기했던 화장품과 올리브오일을 사느라 비행기를 놓칠 뻔하기도 했다. 두 번의 환승을 거치고 나서야 나는 고향땅에 발을 디딜 수 있었다. 입국장 게이트가 열렸지만 나를 기다리는 사람은 아무도 없었다. 이번 한국 방문은 아무에게도 알리지 않은 채 이루어졌기 때문이다. 심지어 부모님조차 내가 공항 리무진을 타고 집으로 향하고 있다는 사실을 알지 못했다. 나는 이 깜짝 방문이 내 손에 들린 선물들보다 더 큰 행복을 선사할 수 있길 내심 기대했다. 나의 바람은 그대로 이루어졌다. 어머니는 혼자 있던 중이었는데 내 생각이 많이 났다며 뛸 듯이 기뻐했다. 나는 짐을 풀기도 전에 돌아가신 아버지의 산소를 찾기 위한 스케줄을 의논해야 했다. 나의 체류 기간이 짧을뿐더러 아직 학기중인 어머니가 시간을 길게 내지 못할 것이 분명했기 때문이다. 어머니는 우선 다가오는 주말 제자들과 함께 하동으로 문학기행을 떠난다고 했다. 하동이라는 단어를 내뱉다가 어머니는 눈을 번쩍 뜨며 나에게 동행할 것을 제안했다. 한 번도 가본 적 없지만 익히 들어왔던 그곳에 드디어 방문할 기회가 왔구나. 우리의 산소 방문은 뜻밖의 하동 여행으로 인해 잠시 뒤로 미루어지게 되었다.

　한국은 좁은 국토 면적에도 불구하고 각 지방마다 고유의 향기가 확연하게 드러나는 특징 속에 있다. 그들이 품고 있는 향기는 곧 그들의 문화이다. 문화의 경계에서 오가는 자극은 또다른 문화를 빚어낸다. 하동은 경상도의 최서단에서 전라도를 마주보고 있는 마을이다. 경상도와 전라도를 가로지르는 화개장터 또한 이곳에 자리를 잡고 있다. 오늘의 목적지는 두 지역의 향기가 만나 더 좋은 내음을 내는 문화적 조향을 경험할 수 있는 현장이다. 어머니와 나는 아침 일찍 길을 나섰다. 우리 일행을 위해 준비된 식사를 먹으려면 서둘러야만 했다. 프랑스에서 여행길을 떠나게 되면 가장 많이 보이는 것은 평지이다. 보르도Bordeaux의 친구를 만나기 위해 TGV를 타는 날이면 밀 농경지가 펼쳐진 풍경과 몇 시간을 함께해야 한다. 그러나 한국의 풍경은 한두 시간 거리의 여정에도 구성진 배경적 요소가 가득차버린다. 광안대교를 마주보고 있는 해변가부터 부산과 김해를 가르며 바다로 향하는 낙동강,

삼각지에 펼쳐진 김해평야, 고속도로를 양옆에서 감싸는 듯 솟아 있는 지리산 끝자락까지 풍경이 상당히 다채롭게 펼쳐 진다.

하동은 섬진강변에 자리잡은 마을이다. 섬진강의 '섬'은 두 꺼비 섬蟾 자를 쓴다. 두꺼비 나루터의 강이라는 뜻이다. 원래 두치강으로 불리던 이 강이 왜 섬진강이 되었는지는 여러 설 화들이 말해준다. 그중 가장 유명한 이야기는 왜란이 일었을 때 두꺼비들이 적과 맞서 싸우며 백성들을 지켰다는 것이다. 이 설화에 기대어 생각해보자면 섬진강은 굉장히 용맹한 이 름이다. 그러나 그의 이름은 나에게 항상 부드럽게 다가왔다. 여행을 준비하며 이 설화를 찾아보기 전까지 섬진강의 '섬'을 고울 섬織 자로 생각하고 있을 정도였다. 두 눈으로 직접 확 인한 섬진강의 모습은 더욱 고왔다. 은빛으로 빛나며 유하게 흐르는 그의 자태에는 연한 살색이 깃들어 있었다. 마치 사랑 하는 이의 살내음이 날 것 같았다. 섬진강의 시각적 이미지는 발렌티노Valentino의 발렌티나 뿌드르Valentina Poudre를 연상시킨다. 이 향수는 우아한 여성의 포근한 피부를 떠올리는 색을 머금고 있다. 또 그의 향기는 플라꽁이 우리의 눈을 사로잡은 순간부터 느껴진다. 발렌티나 뿌드르의 핵심은 아이리스가 건네는 뿌드레Poudrée: 273쪽 노트와 머스크이다. 이 두 노트를 중심으로 튜베로즈Tubéreuse와 상탈Santal: 284쪽이 부드러움을 채우고 바닐라와 페브 통카Fève Tonka가 달콤함을 더한다. 연인의 품안에서 느끼고 싶은 온기가 묻어나는 향기이다. 나는 한동안 발렌티나 뿌드르의 향기에 잠겨들며 보드라운 강가와 눈을 맞췄다.

화개장터로 향하는 강변길은 지도에도 표시되어 있지 않은 새 도로였다. 길가에는 벚꽃나무들이 바람과 어울리며 한껏 파릇해진 이파리를 가볍게 흔들고 있었다. 조금 더 이른 계절에 왔다면 흩날리는 연분홍 꽃잎 사이로 연인들이 가득했을 것이 분명하다. 그 와중에 내 눈을 사로잡은 건 섬진강변 언덕을 푸르게 뒤덮고 있는 녹차밭이었다. 문득 차를 좋아하시는 어머니께서 언젠가 하동의 녹차에 대해 이야기하던 것이 떠올랐다. 한평생을 도시에서 살긴 했어도 녹차밭을 처음 본 것은 아니었다. 몇 년 전 여름 인턴 생활을 통해 생전 처음 벌어본 월급으로 가족과 함께 제주도 여행을 떠났다. 아쉽게도 여행 내내 폭우와 마주하는 일이 잦았지만 우리가 녹차밭을 지나간 날은 티 없이 맑았던 것으로 기억한다. 제주도의 녹차밭은 바닷바람이 불어오는 넓은 평지에 끝없이 펼쳐져 있었다. 그러나 하동의 그것은 섬진강을 바라보는 언덕마다 틈틈이 조성되어 아기자기한 인상을 주었다. 마치 일본식 정원을 보는 듯했다. 생녹차 잎의 싱싱한 향기를 맡아본 적이 없는 나는 당장에라도 차를 세워 언덕 입구에라도 발을 들이고 싶은 마음 간절했다.

내가 아는 녹차 향은 티백에 담긴 마른 녹차의 향기와 몇몇 향수에 담긴 녹차 노트에 불과했다. 사실 향수에 적용된 녹차 향은 막 따온 푸른 녹차 잎의 향과 큰 차이가 있다. 달리 말하자면, 향수의 녹차 노트를 맡고 생녹차를 떠올리기는 쉽지 않다. 우리나라에서도 상당히 유명한 캘빈 클라인Calvin Klein의

CK ONE, 1994에 녹차 노트가 들어가 있다는 사실을 아는 이도 그리 많지 않을 것이다. 그러나 녹차가 모티브로 사용된 인상적인 향수는 여럿 존재한다. 우선 녹차를 향수 타이틀로 걸고 나온 엘리자베스 아덴Elizabeth Arden의 그린 티Green tea, 1999를 빼놓을 수 없다. '그린 티'는 프랑스가 낳은 천재 조향사 프랑시스 커정Francis Kurkdjian : 197쪽이 장 폴 고띠에Jean Paul Gaultier의 상징이 된 르 말le Mâle, 1995의 후속으로 내어놓은 작품이다. 레몬, 오렌지, 베르가모뜨Bergamote : 153쪽와 민트가 열어주는 그린 티의 톱 노트는 깨끗한 상쾌함이 느껴진다. 점점 진해지는 녹차 노트는 재스민과 카네이션을 껴안고 잔향까지 이어져 잔잔한 여운을 준다. 엘리자베스 아덴이 싱그러움에 초점을 맞췄다면 프라고나르의 재스민 페를 드 떼Jasmin Perle de Thé, 2013는 녹차 잎에 우아함을 더했다. 앙브레Ambrée : 145쪽 노트와 짙은 재스민이 함께 우러나오는 녹차 향은 포근한 분위기를 자아낸다.

우리는 숙소에 도착하자마자 일정에 맞춰 바쁘게 움직였

다. 일행 중 오늘 처음 만난 사람들도 있었지만 함께한 하루가 저물 때쯤에는 그들과 묘한 동질감을 느낄 수 있었다. 작품발표회를 성공리에 마치고 저녁 만찬을 즐기기 위해 강가에 위치한 전통 음식점으로 이동했다. 어머니가 가져다준 간장게장부터 고기 같은 식감을 품은 더덕구이까지, 프랑스에서는 맛보기 힘든 음식들이 줄줄이 나왔다. 섬진강변에서 직접 빚은 동동주를 곁들일 때마다 음식의 향은 진해져갔다.

나는 부산으로 돌아와 며칠을 보내고, 돌아가신 아버지를 만나기 위해 서울행 기차에 올랐다. 기차를 타고 가는 내내 하동에서의 늦은 저녁을 회상했다. 그곳에서 문학도들과 함께한 이틀은 시간이 지나도 손목에 남아 있는 향수의 잔향같이 긴 여운을 남겼다.

향은 언제든 우리를 속일 수 있다

2017.05

향기라는 무형의 존재를 공부한다는 것은 그 실재를 매 순간 확인하기가 실로 어려운 법이다. 어제 맡아본 향을 오늘 갑자기 기억하지 못할 수도 있고, 익숙하다고 자부하는 향이 한순간 머릿속에서 지워질 수도 있다. 그것은 몇십 년 차 향쟁이에게도, 오늘 처음 에디온Hedione:210쪽을 맡아본 초보자에게도 동등하게 적용되는 일종의 법칙이다. 오랜 시간 향료 회사에서 식향조향사로 활동하다 블렌딩 티에 향을 내는 일을 이어가고 있는 교수가 있었다. 우리는 그에게 조향에 필요한 원료를 맡아가며 그들의 향 프로필을 작성하는 수업을 받았다. 이번 이야기는 윌 에쌍시엘 드 베티베르Huile Essentielle de Vétiver:186쪽, 297쪽라는 원료를 시향하던 중에 벌어진 일화이다. 베티베르라는 식물이 증류법을 거쳐 탄생하는 이 원료는 고소한 호두 향이 묻어나는 부아제Boisé:154쪽 계열의 향료이다. 에꼴 슈페리오르 뒤 파팡École Supérieure du Parfum, ESP:180쪽에서 베티베르를 처음 접하였을 때 진한 훈제 향이 상당히 인상적이었기 때문에 나에게는 잊을 수 없는 향기로 기억되고 있었다. 우리는 베티베르를 그윽하게 음미하고 두 번째 원료로 넘어갔다. 그 주인공은 압솔류 드 프누그렉Absolue de Fenugrec:142쪽이 되었어야 했다. 이것은 짙은 나무 향과 꾸마린Coumarine:165쪽의 달콤함이 섞여 나는 독특한 자연 원료이다. 그러나 무슨 일인지 시향지를 전해 받은 학생마다 고개를 갸우뚱거리기 시작했다. 마침내 시향지는 나에게 도달했고 나는 기대와 의심이 섞인 표정을 지으며 그것을 코끝에 갖다대었다. 이상한 일이었다. 내가 건네받은 시향지에서는 우리가 직전에 맡았던 베티베르의 향기가 뿜어져나오고 있었다. 아니 이건 분명 베티베르였다. 우리는 서로 눈을 맞추며 무언의 공감대를 형성해나갔다. 학생들의 시선은 점점 교수에게로 향했지만 그는 온화한 표정을 지으며 시향에 집중하고 있을 뿐이었다. '자, 이제 이 향을 표현해볼까?' 교수의 한마디에는 정적만이 따라붙었다. 용감한 학생 하나가 조심스럽게 손을 올려 이의를 제기했다. '교수님, 이건 우리가 방금 맡은 원료인 것 같습니다.' 그는 인상을 찌푸리며 베티베르를 찍은 시향지와 아직 정체를 알 수 없는 원료가 묻혀진 시향지를 번갈아가며 비교해보았다. 한참을 고민하던 그는 다시 맡아봐도 이 원료는 프누그렉이 맞다는 결론을 내렸다. 하지만 학생들의 원성은 잦아들지 않았고 우리는 테스트를 하나 진행하기로 하였다. 베티베르와 두번째 원료를 다시 찍어 1번과 2번으로 표기하고 동시에 배부한 후 그중에서 베티베르를 골라내는 것이었다. 그는 두 원료를 동시에 맡으면 차이점이 확실히 보이리라 생각했던 것 같다. 시향이 진행되는 동안 교실은 쿵쿵거리는 소리로 가득찼다. 콧소리가 줄어들 때 즈음 교수는 베티베르가 몇 번인지 물어보았다. 한편에서는 1번이 터져나왔고 다른 한편은 2번을 외쳤다. 심지어 대답하기를 포기하는 학생까지 나왔다. 우리의 결론은 두 원료가 동일하다는 것이었다. 교수는 당황한 표정으로 1번과 2번의 미묘한 차이를 설명하기 위해 노력했고, 우리는 그의 해석을 이해하기 위해 시향지를 코에서 떼지 못하였다. 교수가 열변을 토해낸 수업이 끝난 후에야 그가 말하는 차이점을 발견했다고 큰소리치는 학생도 보였다. 이 이야기는 일주일이 지난 시점에서야 결말을 볼 수 있었다. 교수는 수업을 시작하기 전에 전할 말이 있다고 하였다. "지난주에 함께 맡았던 프누그렉은 사실 베티베르였다. 준비과정에서 착오가 있었던 모양이야. 아무튼 월요일 아침에 향을 맡는 건 쉬운 일이 아니란 말이지." 그 당시에는 모두 말도 안 된다는 표정을 지었지만 그후에 교수를 비난하는 학생은 한 명도 나타나지 않았다. 향기가 언제든지 우리를 속일 수 있다는 사실을 이미 너무나도 잘 알고 있기 때문이다. 우리가 그날 배운 것은 언제가 되었든 향기 앞에서는 항상 겸손해야 한다는 사실, 그리고 베티베르.

물을 맡다

2017.07

물에도 냄새가 있을까. 물맛이라는 개념은 우리에게도 나름 익숙하다. 수돗물과 정수기 물, 시중에 판매되는 생수의 맛은 일반 사람들도 어느 정도 구분이 가능하다. 조금 더 세세하게 들여다보면 생수도 브랜드마다 맛이 조금씩 다르다. 또 칼슘이나 마그네슘 같은 미네랄 성분을 다량 함유한 물은 비리고 기름진 맛이 난다. 우리가 이렇게 말하는 물맛은 사실 물의 냄새가 큰 영향을 미친 결과물이다. 맛이라는 것 자체가 미각과 후각의 절묘한 조화라고 할 수 있다. 감기에 걸렸을 때 입맛이 떨어지는 것도 마비된 후각 때문이다. 얼마 전 한 선배가 근황을 이야기하며 최근에 워터 소믈리에 자격증을 준비한다고 했다. 워터 소믈리에는 와인 소믈리에가 와인을 감별하듯이 물의 맛과 냄새를 평가하고 판별하는 직업이라 한다. 아직 깊게 생각해본 적 없는 분야에 귀가 솔깃했다. 앞으로는 물을 마실 때, 잠시 동안 입에 머금고 이 물은 어떤 냄새를 가졌을까 음미해보는 습관을 길러야겠다.

조향은 레고 쌓기 같은 작업이다

2017.09

어렸을 때의 나는 레고광이었다. 생일이나 크리스마스가 다가오면 매번 어머니에게 레고를 사달라고 졸랐다. 내가 만들고자 하는 대로 레고 한 조각 한 조각을 쌓아올릴 수 있다는 점이 참으로 매력적이었다. 돌이켜보면 이것이 나를 조향사라는 직업에 미치게 만든 여러 부수적 이유 중 하나일 것이다. 아직 향수를 공부하기 전 나는 조향사를 향이라는 레고 조각을 쌓아올리는 직업으로 알고 있었다. 원하는 원료를 놋 드 퐁Note de Fond:253쪽부터 놋 드 떼뜨Note de Tête:254쪽까지 원하는 곳에 구성해낼 수 있다고 믿었다. 사실 조향사라고 하더라도 원료들의 떼나시떼Ténacité:290쪽를 바꿀 수는 없다. 레몬이나 오렌지 같은 에스페리데Hespéridée:212쪽 계열 원료를 놋 드 퐁으로 내리거나 무거운 앙브레 계열 원료를 놋 드 떼뜨로 올릴 수 없다. 떼나시떼는 원료를 구성하는 분자들의 물리화학적 특징이기 때문이다. 그러나 나에게 조향은 여전히 레고 쌓기와 같은 작업이다. 레고에도 여러 난이도가 있듯이 성인이 된 내게 주어진 향이라는 레고는 조금 더 정교하게 쌓아올려야 할 것이다. 그 시절 어머니는 항상 내가 방문을 닫고 비밀스럽게 만들어내는 레고 조형물을 기대하곤 했다. 그리고 나는 이제 향으로 이루어진 내 레고 쌓기에 더 많은 사람이 기대하기를 바라고 있다.

아망딘의 습관

2017.09

아망딘Amandine을 알게 된 지는 벌써 3년이 넘었다. 내가 이집카로 건너오기 전까지 우리는 상시 붙어다니는 사이였다. 그녀는 매사에 긍정적이고 적극적인 사람이었다. 아망딘은 집에 붙어 있기 좋아하는 나를 밖으로 끄집어내는 것을 즐겼다. 그러나 우리가 서로 다른 만큼 나는 그녀와의 외출에 좀처럼 익숙해지지 않았다. 여러 상황 중에서도 가장 이해하기 힘들었던 그녀의 행동은 길거리에서 마주하는 모든 것에 코를 가져다 대는 일이었다. 특히 나무와 꽃은 아망딘의 코가 향하는 주요 대상이었다. 나는 그녀가 풀숲으로 걸어들어갈 때마다 지겹다는 표정을 지으며 "아망딘, 그만!" "멈춰" 등의 단어를 짧게 내뱉었다. "그 꽃은 향기가 나지 않는 꽃이란 말이야." 그러나 아망딘은 항상 어떤 냄새를 찾아냈다. "향기가 없는 것이 어디 있니. 이건 풀내음이 나. 그리고, 음. 텁텁한 느낌도 주는걸." 물론 지금의 나는 이러한 독특한 행위에 충분히 적응이 된 뒤다. 더 나아가 나는 그녀의 방식에 물들어 버렸다. 나의 행동 범위 안에 들어오는 것은 모두 냄새를 맡아보는 습관이 생겼다. 언젠가는 친구 중 한 명이 "너는 선물을 풀어볼 때도 냄새를 맡아보며 풀어볼 놈이야"라며 나를 놀렸다. 칭찬으로 들렸다. 그들 눈에는 아직 내가 이상하게 보일 수 있을 것이다. 그렇다면 이제 내가 그들을 물들일 차례이다.

어쩔 수 없이
싫어하는 향기

2017.09

주유소에서 차 창문을 열었을 때 나는 석유 냄새, 변기가 막힌 공중화장실 냄새, 압솔류 드 씨벳Absolue de Civette:162쪽, 프랑스로 돌아가는 비행기 속 메마른 공기 냄새, 거리 가장자리에서 뜨겁게 올라오는 하수구 냄새, 말라가는 침냄새, 술파뜨 드 리나롤Sulfate de Linalol:235쪽, 아직 덜 마른 빨래더미 냄새, 기어코 목구멍을 넘어오는 토사물 냄새, 알데이드 C11 운데실레닉Aldéhyde C11 Undecylenic:145쪽, 담배 쩔은 냄새, 까르띠에-데끌라라시옹Cartier-Declaration, 여름 만원 버스에서 진동하는 땀냄새, 배탈 났을 때 풍겨오는 음식 냄새, 생 라자르Saint Lazarre로 향하는 L선 냄새, 지나간 인연과의 추억을 떠올리게 만드는 모든 향기.

어쩔 수 없이
좋아하는 향기

2017.09

우리집 냄새, 사랑하는 이의 살내음, 에디온, 아랫집에서 고기 굽는 냄새, 청사포 바닷바람 냄새, 까시메랑Cashmeran, 엘리베이터에 우연히 마주친 배달기사 손에 들린 치킨 냄새, 초콜릿 녹는 냄새, 갈락솔리드Galaxolide:202쪽, 케밥 냄새, 어머니의 김치찌개 냄새, 프라고나르-꽁쎄르토Fragonard-Concerto, 늦은 밤 끓여내는 라면 냄새, 무르익은 술자리 냄새, 검붉은 장미꽃 향기, 낡은 책 냄새, 주차장에서 나는 곰팡이 냄새, 쎄드랑베르Cedramber, 아침 공기 냄새, 코끝 채취, 일랑일랑 향기, 샤넬블루Chanel-Bleu, 귤껍질 냄새, 폴리상탈Polysantal, 아버지가 맡고 싶었던 모든 향기.

아티스트Artiste,
아르티장Artisan

2017.10

H와 나는 여러 번의 회의를 거쳐 내가 조향할 향수의 콘셉트를 잡아갔다. 몇 번의 만남이 이어지는 동안 나는 '나의 향'이 무엇인지 정의할 필요성을 느꼈다. 내가 지금까지 만들어온 아꼬르Accord:142쪽를 다시 맡아보며 어떤 향을 잘 표현해내는지 돌이켜봤다. 그후 내가 표현하고자 하는 향과 H가 구상하는 향이 갖는 접점을 찾아내야 했다. 이것이 향수를 개발하는 과정에서 가장 어려웠던 부분이었다. 우선 향을 설명하거나 표현하는 방법이 달라 서로의 생각을 이해하기가 힘들었다. 나는 향을 공부하는 사람들이 사용하는 언어인 랑그드 파퓨메리Langue de Parfumerie에 기초를 두고 향을 풀어나

가려고 했기 때문에 같은 단어라도 H는 다르게 받아들이는 경우가 많았다. 예를 들어, 뿌드레, 파우더리하다는 표현을 그는 파우더 화장품과 같은 냄새로 생각했지만, 나는 이오논Ionone:218쪽류 원료나 뮤스크Musc:247쪽 계열 원료에서 묻어나는 느낌을 생각했다. 또 오리엔탈Oriental:259쪽이라는 표현에서 나는 바닐라나 다른 발사믹Balsamique:152쪽 원료를 떠올리지만, 그는 절에서 느껴지는 고요함이나 잔잔함과 연결 지었다. 언젠가 H가 대중의 취향을 알아보기 위한 시장조사를 진행해온 적이 있었다. 반응으로는 '상큼한' '우아한' '달달한' '잔향이 좋은' '단적이지 않은' 등등 막연한 표현들이 주로 도출되었다. 좋고 싫음을 나타내거나 주관적인 해석이 가능한 묘사로는 향을 특정하는 것이 불가능하기 때문에 향 작업을 할 때 이러한 표현들은 최대한 지양되어야 한다. 이러한 과정 속에서 조향이 쉬운 일이 아님을 다시 한번 체감했다. 조향사가 좋은 향을 만들기 위해서는 본인의 색을 향에 입혀내는 것도 중요하지만 대중과 클라이언트의 요구를 잘 이해하고 반영하는 것이 선행되어야 한다. 이 점이 조향사의 가장 큰 딜레마이기도 하다. 문득 지보당Givaudan:202쪽의 조향사 필립 뒤랑Philippe Durand의 문장이 떠오른다.

"현시대를 살아가는 조향사는 '아티스트Artiste', 예술가보다 '아르티장Artisan', 장인에 더 가깝게 보인다."

H와 만나다

2017.10

H가 처음 나를 찾아온 것은 2016년 4월이었다. 돌이켜보면 나에게는 참으로 운명적인 첫 만남이었다. 그의 이야기를 들어보니 향수 브랜드를 론칭하기 위해 조향사를 구하는 중이라 했다. 그는 젊은 조향사가 예술에서 영감을 받아서 만든 낯설 만큼 새로운 향수를 원했다. 나에게는 2가지 꿈이 있었다. 이집카에 들어가는 것과 나의 향수를 갖는 것. 전자는 나를 프랑스로 오게 만든 내 유학생활의 목표점이었고, 후자는 향을 하는 사람이라면 한 번쯤은, 아니 필연적으로 갈망하게 되는 생의 지향점이라 생각한다. 나는 이 2개의 북극성을 나침반 삼아 여기까지 왔다. 고난이 거세게 날 괴롭혀도 그것들

이 쏘아내는 빛이 너무 뚜렷해 포기할 수가 없었다. 그리고 일단 첫번째 꿈은 이루어냈다. 그런 나에게 향수를 만들어달라니. 1번 고지에 깃발을 꽂은 지 얼마 되지도 않은 시점에 두 번째 고지를 넘볼 수 있는 기회가 굴러들어온 셈이다. 그럼에도 걱정이 앞섰다. 한국에서 출시될 향수를 프랑스에서, 그것도 학업과 병행하며 만들기는 쉽지 않아 보였다. 또한 내가 앞으로의 계획을 묻자 그는 아직 아무것도 준비가 되어 있지 않다고 답했다. 다리가 묶인 채로 맨땅에 헤딩을 해야 하는 격이었다. 그러나 내가 이러한 이유들로 프로젝트에 참여하기를 조금이라도 망설였다 한다면 그것은 명백한 거짓말이다. 어떤 리스크가 있더라도 조향을 한다는 것은 내 위치에서 거부할 수 없는 제안이었다.

나의 첫 번째 향

2017.10

　나는 H에게 꽃을 제안했다. 꽃은 그 자체만으로도 충분히 아름답다. 나는 항상 플로랄Floral:193쪽 노트로 표현할 수 있는 아름다움을 동경해왔다. 플로랄 계열은 향수의 중심과도 같은 역할을 한다. 여러 향 계열 중 표현할 수 있는 향도 가장 다양하며 다른 계열에도 거리낌없이 스며들 수 있다. 나는 빨렛드 올팍티브Palette Olfactive:266쪽에 떠오르는 여러 가지 꽃들 중 가장 와닿는 1가지를 추려냈다. 튜베로즈는 내가 알고 있는 가장 우아한 꽃이었다. 처음에는 점심시간이나 수업이 끝난 후 학교 조향실에 남아 아꼬르를 만들었다. 그러나 곧 방학이 찾아왔고 나의 조향작업은 더이상 진행되지 못했다.

장기적인 작업환경을 조성하기 위해서는 원료와 장비가 필요했다. 플라스틱 스포이드 1,000개, 알코올 5L, 전자저울 2개, 50여 가지의 추가적인 원료 등등. 우리는 이곳저곳에 연락하여 가격을 따져보며 차근차근 준비해나갔다. 채비가 끝나갈 무렵, 나는 인턴을 위해 떠나야만 했고 작업은 발랑솔 Valensole에서 계속되었다. 첫 품평회에서 H는 튜베로즈의 향이 매력적이라고 했다. 그러나 동시에 향이 너무 평면적이라고 지적했다. 우리는 6월, 7월이 지나가도록 향을 결정하지 못했다. 그는 향을 맡았을 때 하나의 향만이 뇌리에 새겨지는 단적인 향수를 원하지 않는다고 하였다. 튜베로즈를 보완해 줄 수 있는 꽃을 찾아야 했다. 나는 조향 공부를 시작하고 나서야 '일랑일랑 Ylang-Ylang: 300쪽'이라는 꽃을 알게 되었다. 부드러운 노란색을 내비치고 있는 이 꽃은 열대지방에서 자라기 때문에 한국에서 접하기는 쉽지가 않다. 일랑일랑은 꽃 중의 꽃이라는 뜻으로 현지에서 새신부가 지니고 다닐 만큼 여성스러운 향기를 뿜어낸다. 튜베로즈와 일랑일랑, 이 두 플뢰르 블랑슈 Fleur Blanche: 192쪽 계열의 만남은 향에 신비스러움

과 관능미를 더해줄 것이다. 나는 H에게 일랑일랑으로 변화

를 준 첫번째 아꼬르를 내밀었고 그는 아주 만족해하였다.

향기도 와인의 색깔을 따라간다

2017.10

내가 와인을 좋아하게 된 것은 어머니의 영향이 크다. 어머니는 술을 멀리하는 편이지만 고기 요리에는 항상 와인을 곁들이곤 했다. 지금도 내가 귀국할 때마다 마음에 드는 와인을 한 병 사오라 부탁한다. 나는 유학생활을 시작하고부터 본격적으로 와인을 마시기 시작했다. 프랑스에 있다보니 저렴한 가격으로 준수한 품질의 와인을 다양하게 즐길 수 있었다. 와인의 세계를 깊이 있게 알지는 못하지만 자주 접하다보니 어느 정도 취향이 잡혀갔다. 프로방스나 랑그독 지방의 와인보다는 깊게 익은 머루와 나무 향이 섞여 나는 보르도 와인이 입에 더 맞았고, 가끔 아끼는 사람들을 집으로 초대할 때면 둥근 과일 향이 부드럽게 올라오는 부르고뉴 와인을 준비하기도 했다.

어머니는 매년 11월 보졸레 누보Beaujolais Nouveau 와인을 맛보는 것을 빼먹지 않았다. 보졸레는 피노 누아르Pinot Noir 품종의 포도만을 고집하는 부르고뉴 지방에서 유일하게 가메Gamay 품종을 사용하여 와인을 만드는 마을이다. 그리고 보졸레 누보는 보졸레에서 9월에 수확한 포도를 2달이 채 안되는 짧은 기간 동안 숙성하여 만든 그해의 첫 와인, 햇포도주이다. 물론 성공적인 마케팅 덕분에 세계적으로 유명해진 브랜드지만 프랑스 현지에서도 11월 셋째 주가 되면 동네의 모든 마트가 앞다투어 보졸레 누보를 개시한다. 이 인기 있는 와인은 햇포도의 특성상 상큼한 과일 향이 가볍게 올라오고 단맛도 비교적 두드러진다. 올해도 보졸레 누보를 맛보았다는 어머니의 연락을 받은 나는 그때서야 부랴부랴 마트로 향했다. 그날은 저녁 하늘이 드리운 순간부터 밤이 깊어질 때까지 보졸레 누보와 함께했다. 며칠이 지나고 발견한 것인데,

그날 보졸레 누보를 따랐던 잔과 바로 그 전날 보르도를 담았던 잔 바닥에는 조금 남은 와인이 예쁜 색으로 말라붙어 있었다. 마치 와인색의 꽃이 피어 있는 것 같았다. 보졸레 누보와 달리 탄닌이 풍부한 보르도 메독 와인은 좀더 짙고 굵은 색의 흔적을 남겼다. 향기도 그들의 색깔을 따라갔다. 확실히 보르도 와인 자국에서 나무속처럼 무거운 향이 났다. 그리고 두 잔에서 모두 톡 쏘지 않는 식초 냄새가 나는 듯했다. 그리고 희미하지만 장미 향도 났다. 그 색과 참 어울리는 향기였다.

사 랑 이 항 상
우 아 한 것 은 아 니 듯,

2017.10

 향수가 출시되기까지 여러 중요한 과정을 거치지만 그중에
서도 그의 이름을 정하는 작업은 조향만큼이나 신중하게 진
행된다. 조향사의 향과 그의 예술적 가치를 고스란히 담고 있
으면서도 마케팅적으로 고객의 이목을 사로잡는 이름이어야
하기 때문이다. H는 이를 위해 수많은 이름을 제시했는데 지
금은 가제로 남아버린 한 이름이 아주 인상깊었다. 마리보다
주Marivaudage. 프랑스 극작가 피에르 드 마리보Pierre de Mari-
vaux가 사용한 문체라는 뜻이다. 그의 문체는 작중에서 사랑
이 시작되어가며 표출되는 상호 간의 심리를 세밀하고 미묘
하게 담아낸다. 나는 향수와 꽃, 두 오브제가 가지고 있는 마

리보다주를 발견했다. 꽃은 두 생물이 사랑을 나누게 해주는 매개체이자 무언의 흐름이 오가는 통로이다. 나는 무엇보다도 섬세한 그들의 이야기를 인간들이 사용하는 사랑의 매개체인 향수로 풀어내고 싶었다. 불행히도 나를 자극했던 마리보다주는 향수의 최종 이름으로 선택되지 못하였다. 과거에 '마리보'의 문체는 경박스럽다는 비판을 자주 받았는데 그러한 이미지가 향수에 덧붙여질 수 있다는 것이 이유였다. 그러나 사랑이 항상 우아한 것은 아니다. 가끔은 경박하고 가끔은 촌스럽기도 하다. 그래서인지 나는 아직도 이 이름에 무척이나 애착이 간다.

아픈 나의 첫 번째 손가락

2017.10

내겐 아픈 손가락이 있다. H와 처음으로 손발을 맞추어보던 시기에 완성된 향수가 있다. 나는 플로랄 계열의 향수를 만들고자 했고 그는 내게 플로리스트를 소개시켜주었다. 실질적 이미지로부터 영감을 받게 해주고 싶었던 것 같다. 우리의 관심을 가장 먼저 가져간 것은 장미였다. 그녀가 말해주기를 장미 안에도 다양한 종이 존재하며 특유의 형태와 색을 가진다고 한다. 장미 향도 자칫 진부하다고 생각할 수 있지만 여러 갈래로 표현될 수 있다. 유게놀Eugénol의 비율을 높이면 스파이시한 카네이션의 향기를 닮은 장미가 나오고, 이오논을 첨가하면 바이올렛을 닮은 장미가 나온다. 또 게라니올

Géraniol이나 씨트로넬롤Citronnellol 등 싱그러운 플로랄 로제 Florale Rosée:194쪽 계열의 핵심 원료로만 이루어진 향은 새초 롬한 어린 장미를 떠올리게 하지만, 다른 원료들을 추가하여 관능적으로 피어난 흑장미를 그려낼 수 있다. 나는 장미에 엘리오트로프Héliotrope를 더했다. 고혹적인 보라색을 띤 엘리오트로프에는 태양의 신 헬리오스를 사모한 요정의 이야기가 담겨 있다. 그녀의 향은 짙은 바닐라의 그것과 비슷하고 시큼달달한 아니스Anis를 어렴풋이 떠올리게 한다. 그 부드러움이 장미의 과도한 싱그러움을 따뜻하게 품어줄 것이다. 몇 번의 다듬기를 거쳐 완성된 향은 완벽하지는 않았지만 나의 마음에 꼭 맞아들었다. 부끄러움이 많은 나지만 이번 향은 주변 사람들에게 시향을 시켜 평가를 받기도 하였다. 그렇게 나의 첫번째 향이 될 것만 같았던 향은 H의 최종 선택을 받지 못했다. 그리고 나의 아픈 손가락이 되었다.

나의 두번째 향

2017.10

H와의 첫번째 향수가 완성될 무렵 H는 더 많은 조향사가 필요하다고 말했다. 총 5개의 향수를 출시하고 싶은데 가능하면 향수마다 각각 다른 조향사의 매력을 불어넣고 싶다고 했다. 나는 3명의 동료를 소개시켜주었다. 아망딘도 나와 함께해주기로 했다. 향은 형체가 없기 때문에 항상 추상적이다. 그렇기에 가끔은 이 무형의 예술을 혼자서 다루는 것이 버거워지는 순간이 있다. 그럴 때마다 그녀를 불러 향을 맡고, 이야기를 나누고, 다시 향을 맡곤 했다. 나의 단짝은 우리 프로젝트의 두번째 조향사가 되는 것을 흔쾌히 승락했다. 그녀를 시작으로 이집카에서 만난 마크Marc, 나의 분신과 같은 존재

인 조향사 G가 뒤이어 참여했다. 그들은 재빠르게 향수의 콘셉트를 그려나갔다. 아망딘은 DJ의 가죽 재킷에서 뿜어날 듯한 독특한 뀌르Cuir:167쪽, 마크는 바순Basson의 부드러운 선율을 닮은 오리엔탈, G는 톡톡 튀는 거리 예술을 표현한 에스페리데Hespéridée 향수를 맡았다. 이제 마지막 향이 남았다. H는 내가 다시 조향을 맡아주길 바랐다. 그러나 이번 제안은 나에게 꽤나 큰 고민거리를 안겨주었다. 첫 조향작업이 쉽게 이루어진 것이 아니기 때문에 덜컥 하겠다는 말이 나오지 않았다. 나를 호되게 괴롭혔던 것 중 하나는 향료의 가격이었다. 학교에서 향료를 배우고 아꼬르를 만들 때에는 딱히 가격을 고려하지 않았지만, 상품화시키는 단계에서는 그것이 무엇보다도 우선시되는 요소였다. 이런 현실적인 고충 외에도 창작에 대한 열정 자체가 큰 스트레스로 돌아올 때가 많았다. 첫 향수가 완성되었다는 성취감을 만끽하기도 전에 또다른 책임을 어깨에 올려놓기 두려웠다. 한창 고민을 이어가고 있었을 때, 나를 보기 위해 호주생활을 청산하고 파리로 날아온 이가 있었다. 성은은 어머니의 제자이자 여행가이며 글쟁이

이다. 피가 섞이지는 않았지만 나에게는 친형보다 깊은 우애를 나눈 사이이다. 그는 매사에 열정적이고 밝은 기운으로 가득차 있는 사람이다. 내가 부정적인 생각을 하거나 슬럼프에 빠져 있을 때 멀리서도 나의 등짝을 후려갈겨주는 것은 매번 그의 몫이었다. 이번에도 다르지 않았다. 그러나 우리는 첫날부터 파리의 분위기를 안주 삼아 술판을 벌였다. 2년 만에 본 성은은 크게 달라진 점이 없었다. 그리하여 그의 모습은 위축되어 있는 지금의 나를 정확히 비추기에 충분했다. 술기운이 차오를 즈음, 나는 성은에게 왜 다시 한국으로 돌아가는지 물었다. 내가 기억하기로, 그의 호주행에는 여러 보상이 달려 있었다. 그는 해외에서 새로운 삶을 찾았음에도 불구하고 글에 대한 갈망을 끊어내지 못했다고 했다. 그래서 모든 것을 내려놓고 다시 문학을 좇기 위해 한국으로 돌아가는 중이라 했다. 향쟁이가 되어서 향을 만들 수 있는 기회를 눈앞에 두고 피하려 하던 내가 부끄러워졌다. 성은이 불질러놓은 열정은 나를 빠르고 정확히 채찍질했다. 그 무렵 부모님이 알래스카로 학술 대회를 떠났다. 어머니가 매일 보내준 그곳의 사진은 나에게 새로운 세상을 보여주는 창문과 같았다. 검은 산맥 위에 드문드문 입혀진 눈길은 마치 조각가가 깎아놓은 석고상 같았고, 은빛으로 빛나는 바다와 빼곡하게 줄 서 있는 삼나무들의 경계에서는 묘한 긴장마저 느껴졌다. 이것을 향으로 표현해내고 싶었다. 곧바로 나의 손과 코가 낯선 북쪽 나라를 나만의 방식으로 풀어내는 작업에 착수했다. 향이 완성된 날, 나는 나만의 알래스카로 H를 놀래킬 수 있다는 기대 섞인 자신감에 벅차게 차올랐다.

사랑하는 이의 살냄새

  나는 살내음이 좋다. 사랑하는 사람의 살냄새가 좋다. 그 사람을 사랑해서 그 냄새까지 사랑하는 것인지 아찔한 살내음으로 인해 그 사람을 더 사랑하게 되는 것인지 알 수 없다. 내 살에 코를 문질러대며 맡아보려 해도 쉽사리 느껴지지 않지만, 상대의 냄새는 그녀를 바라보기만 해도 날 감싸온다. 그렇게 사랑하는 사람의 품에서 전해지는 야릇한 향기에 취해 있는 것은 정신이 혼미해질 정도로 황홀한 일이다. 한번은 그 살내음을 향으로 재현하기 위해 몇 날 며칠을 몰두한 적이 있다. 하지만 당연히도 성공하지 못하였다. 내 실력이 부족하여 만들지 못한 것인지, 앞으로 아무리 노력해본다 한들 애초에 만들 수 없는 향이었는지, 이것 또한 알 수가 없다. 아마, 내가 사랑하는 이의 살내음을 좋아하는 것은 그것이 감정을 담은 향이기 때문일 것이다. 그처럼 감정을 담을 수 있는 향을 만들고 싶다. 또 그처럼 누군가가 내 향기에 감정을 담아주면 좋겠다.

그 공간만의 냄새

2018.01

공간에도 냄새가 있다. 사람이 어떤 환경을 조성하면 그 환경은 공간에 냄새를 입힌다. 또 공간이 우리에게 냄새를 전달하면 우리는 그것에 반응한다. 파리Paris:267쪽의 유학생들에게 샤틀레Châtelet 역의 냄새를 떠올려보라고 하면 분명 비슷한 표현들이 던져질 것이다. 샤틀레는 루브르박물관 뒤편, 파리의 중심에 위치한 지하철역이다. 16개의 출구가 존재하며 5개의 지하철 노선과 3개의 고속교외기차 노선이 교차하는 거대한 지하 미로이다. 그 속으로 들어가면 노후된 시설 탓에 멈추지 않는 보수공사 소리가 승객의 정신을 헤집어놓는다. 이러한 몇 줄의 설명만으로도 그곳에서 어떠한 냄새가 날지

예상이 갈 것이다. 퀴퀴한 곰팡이 썩은 내와 답답한 먼지 냄새. 수많은 사람으로 붐비는 지하 통로에서 이런 악취를 맡고 있자면 폐소공포증에 걸릴 것만 같다. 그래서 파리를 나가는 일이 생기면 우회를 하는 한이 있더라도 샤틀레 역에서 환승하는 것은 최대한 꺼린다.

또 나는 등하굣길에서도 비슷한 경험을 한다. 베르사유로 집을 옮긴 이후 학교를 오고 갈 때 항상 베르사유 리브 드루와Versailles Rive Droite 역을 가로지르게 되었다. 특이한 점은 내가 지나가는 방법이 여타 승객들이 이용하는 정문이 아닌, 역의 양옆에 달려 있는 사잇길을 통해서라는 것이다. 이 사잇길은 울타리로 가려져 있어 많은 사람이 그 존재를 알지 못한다. 때문에 부랑자들이 자주 드나드는 통로이기도 하다. 이 길을 지날 때마다 느껴지는 불쾌한 지린내가 어디서 넘어오는 것인지 항상 궁금했다. 얼마 후 그곳에서 바지를 발목까지 내린 채 오줌을 누고 있던 부랑자를 목격하게 되었고, 매일 아침과 오후 나를 괴롭히던 냄새의 출처는 확실해졌다. 그날 이후 등하굣길을 바꾸어보려고도 했지만 지각을 면하기 위해서는 반드시 지나야 하는 길목이었다. 나는 이제 기차역이 시야에 들어오면 자동적으로 코를 막고 입으로 숨을 쉰다.

공간과 냄새가 남긴 기억에는 앞선 사례들처럼 꺼림칙한 기억만 있는 것은 아니다. 작년 봄, 날씨는 점점 따뜻해지고 자연의 향기가 뿜어져나오기 시작하는 시간에 우리는 릴라Lilas의 향기에 대해 공부하고 있었다. 물론 이 꽃은 한국에서도 '라일락'이라는 이름으로 잘 알려져 있지만 그의 향기를 알아챌 수 있는 이는 그리 많지 않다. 초등학교 3학년을 라일락반에서 보낸 나조차도 그 향기를 맡아본 적이 없었다. 내가 라일락이 어떤 향을 내는지 모른다고 하자 교수님께서는 놀랍다는 듯이 말씀하셨다. "아니, 그렇다면 당장 밖으로 나가서 돌아다녀. 공원이라도 가봐. 봄이잖아. 라일락이 거리마다 가득하다고." 수업을 마치고 학교를 나오는 길에 나는 온종일 맡아 익숙해진 향기의 본모습과 드디어 맞닥뜨렸다. 라일락 향기였다. 학교 입구 바로 옆에 보랏빛이 진해져가는 라일락

꽃을 품은 나무 한 그루가 서 있었다. 그렇게 한동안 학교를 오가며 반가운 향기를 마주했다. 어느새 여름이 지나고 겨울이 되어 꽃은 자취를 감추었다. 그러나 나는 아직도 문을 드나들 때마다 그 향기를 떠올린다. 그리고 다시 봄이 되어 그 향이 나의 머릿속이 아닌 코 주변을 맴돌기를 기다리고 있다.

어느 겨울날 나는 네 향기가 좋다고 고백했다

2018.01

문득 목도리를 매어줄 사람이 있으면 좋겠다는 생각이 든 것은 파주로 향하는 2200번 버스 안이었다. 나는 목도리를 좋아했음에도 항상 못나게 매는 탓에 두를 때마다 어딘가 어색함을 감추기가 쉽지 않았다. 하지만 그녀의 목에 매어진 목도리는 항상 자연스럽고 사랑스러워 보였다. 그녀는 함께 외출할 때면 내가 아쉽게 모양을 낸 목도리를 재정돈해주곤 하였다. 그렇게 파리에서도, 베를린에서도, 벨기에에서도 나의 목도리는 그녀의 손길을 탔다. 나는 더이상 그녀가 스쳐보내는 시간 속에 존재하지 않는다. 확실히 내가 그녀의 기억을 잃어가는 만큼, 어쩌면 그 속도보다 더 빠르게 그녀는 나를 지워내고 있을 수 있다. 그러나 나는 아직도 우리가 함께 보낸 세 번의 겨울을 그녀의 향기로 기억하고 있다. 그녀를 안고 목도리에 얼굴을 파묻을 때면 온기가 묻어나는 향기에 잠겨버렸다. 이 향기를 작은 병 안에 담아낼 수 있을까 하는 고민이 들 정도로 그것에 매료되어 있다. 또다시 긴 이별을 앞둔 어느 겨울날 나는 네 향기가 좋다고 고백했다. 그녀는 다음 만남까지 자신을 추억하라며 목도리를 남겼다. 혹여나 그녀의 향기가 지워질까 그것을 매고 외출하는 짓은 결코 하지 못했다. 그저 너무 보고 싶어져 견딜 수 없는 순간에만 눈을 감고 향을 취했다.

올 겨울 내 곁에 향은 남았지만 그녀는 지금 부재중이다. 내게 남은 향 때문에 나는 어쩔 수 없이 그녀를 되뇌어야 한다. 앞으로도 계속해서 그럴 것이다. 가슴이 먹먹하게 메어온다. 무엇보다 내가 지금까지도 그 향기를 그리워한다는 것을 그녀는 알지 못한다는 점이 가장 쓰라리다. 나는 파주행 버스에서 목도리를 만지작거렸다. 내게 목도리를 매어줄 사람이 있으면 좋겠다고 생각했다.

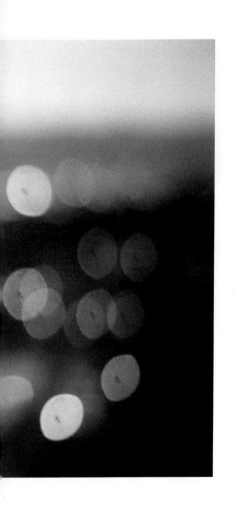

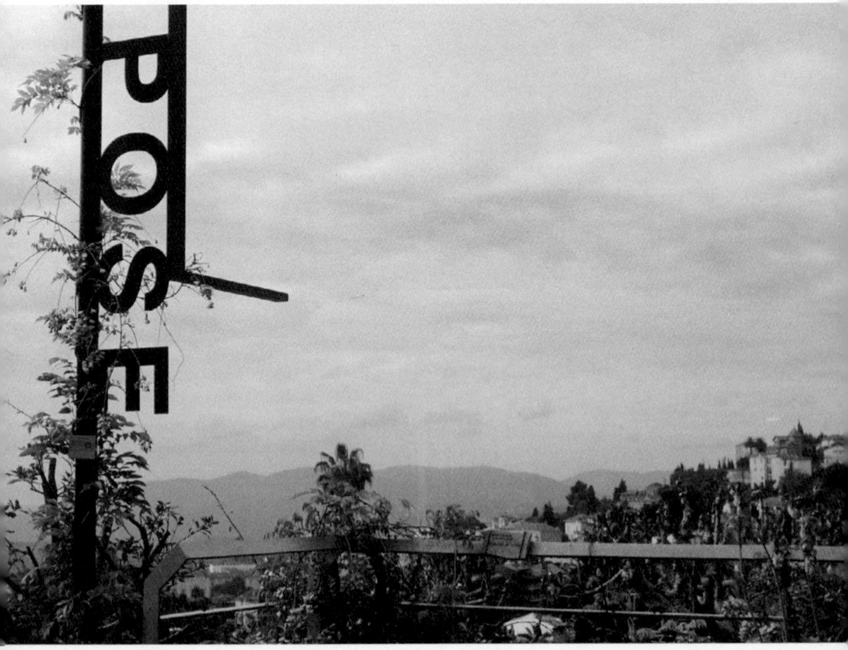
POSE

향수는 사람을 닮았다

2018.01

향수는 사람과 닮았다. 향수의 놋 드 떼뜨, 즉 톱 노트는 그 사람의 첫인상이다. 단박에 나를 설레게 하는 사람이 있고 호기심을 불러일으켜 더 알아가고 싶은 사람이 있다. 또, 다시는 보고 싶지 않은 사람도 있다. 나는 파퓨메리를 휘집고 나오는 날이면 수많은 사람의 옷깃을 스치고 나온 기분이 든다. 대부분은 의식의 문턱 앞을 서성이다 사라진다. 그 사람들의 본모습을 보기까지는 시간이 더 필요하다. 두 시간, 어쩌면 조금 더. 가끔은 그들을 가방 구석에 처박아놓고 며칠을 잊고 산다. 언젠가 그네들과 우연히 재회했을 때, 이미 나를 떠난 이도 있고 그제야 진심을 보이는 이도 있다. 그리고, 나를 애

태우는 이도 있다. 아마 습관적으로 가방에 넣었거나 실수로 가방에 들어간 이들이다. 첫 만남 때 비춰졌던 모습과는 너무 다른 지금, 나는 그들이 누군지 모른다. 점점 사그라드는 향기가 사무친다. 그것은 내가 떠나보낸 사람의 기억을 닮았다.

내 어머니의 향기

2018.02

내가 어머니에게 저지른 수많은 잘못 중에 가장 후회가 되는 건 당신이 추구하는 가치를 부정하려 했던 나의 어리석은 과거들이다. 바로 그것이야말로 어머니의 향기가 담긴 정수라는 사실을 충분히 가늠했음에도 불구하고 말이다. 나는 어릴 적부터 책으로 둘러싸인 공간에서 자라왔다. 내 키보다 훨씬 큰 책장에는 살면서 한 번도 펼쳐보지 않을 책들이 빼곡하게 들어서 있었다. 익숙한 그 공간의 이미지는 언제나 나에게 위압감으로 다가왔다. 어머니는 항상 그곳에 상주하였다. 그곳에서 책을 읽는 것이 좋다고 하였다. 그의 의식을 긍정하다 보면 어느 순간 나도 그 길 위를 표류하고 있을 것 같은 아찔한 공포감이 항상 나를 괴롭혔다. 그렇기 때문에 필사적으로 문학을 외면하고 최대한 멀리 도망가기 위해 노력했는지도 모르겠다. 그 과정 속에서 나는 어머니에게 너무 많은 상처를 남겼다. 어쩌면 이 토막글은 내 죄책감을 조금이나마 덜기 위한 고해성사에 불과할 수도 있겠다. 그러나 나에게는 계속해서 사죄의 감정을 토해내야 할 책임이 있다.

미운 일곱 살 무렵에는 만나는 문인들에게 우리 부모님처럼 소설가가 되어 힘들게 살지 않을 거라 고백하고 다녔다. 학창 시절에는 어머니가 입시에 도움이 되는 과목을 가르쳐 줄 수 없는 것이 원망스럽다는 말을 내뱉은 적도 있다. 어머니의 제자들을 만날 때면 도대체 앞으로 어떻게 살아가려고 문학 같은 것을 배우려 할까 하는 생각을 밥먹듯 하였다. 우습게도 나의 오만한 태도가 변환점을 맞게 되는 것은 어머니와 물리적으로 멀어지고 나서부터이다. 나는 먼 타지에서 조향이라는 낯선 세계의 장벽을 맨손으로 두드려야 했다. 매번 위안이 되는 것은 그래도 나는 아직 꿈을 바라보고 있다는 사실 하나였다.

　김해공항을 빠져나와 정겨운 고향땅을 밟는 날에는 항상 어머니의 차를 타고 해운대로 향했다. 우리 모자는 떨어져 있어도 자주 연락을 주고받는 사이지만 어머니는 그동안의 밀린 이야기를 하며 먼 곳에서 온 손님인 양 내게 대접을 베풀곤 하였다. 어머니의 이야기는 관찰자 시점의 소설처럼 집으로 가는 여정 내내 펼쳐졌다. 등장인물의 대부분은 언제나 문학도들이었다. 모자란 아버지를 둔 누군가는 그의 부친을 증오하지만 또 한편으로 그를 동정한다, 사랑하는 이가 저지른 한순간의 실수를 끌어안고 사는 누군가는 매 순간 끓어오르는 감정과 사투한다, 자기 자신을 사랑하지 못하는 누군가는 다른 이를 향한 소유욕으로 마음의 빈자리를 채우려 한다, 등등. 각자 너무도 다른 모습으로 살아가는 그들에게 있어 공통점은 문학이라는 하나의 꿈을 꾼다는 사실이었다. 또 계속해서 자신의 삶을 문학 속에 녹여낸다는 점이었다. 내 모습과 다를 바 없어 보였다. 그들은 문학이라는 꿈을 꾸고 나는 향이라는 꿈을 꾸고 있을 뿐이었다. 어느 순간 나는 문학도 누군가의 삶을 지탱하는 견고한 기둥이라는 사실을 인정하기 시작했다.

한국행을 앞둔 어느 날 애정하는 이의 선물을 사기 위해 서점을 방문한 적이 있다. 작은 동네책방의 주인은 그날 첫 방문을 한 나에게 행복으로 가득찬 얼굴을 내비치며 그의 공간을 구석구석 소개시켜주었다. 나는 대뜸 모디아노Modiano의 책이 있냐고 물었다. 그때 무엇인가 차올라 깊게 빛나고 있던 그의 눈동자를 잊을 수 없다. 내가 서점을 나서려는 순간 주인은 내 손을 붙잡으며 이 책을 읽을 사람에게 자신이 아주 감동하며 읽은 책이라는 말을 전해달라 부탁했다. 또 내가 오늘 서점에 찾아와줘서 따뜻한 저녁을 보내게 되었다는 말도 보탰다. 책을 정말 사랑하는 사람의 표정이 아닐 수 없었다. 어디선가 자주 보던 모습을 나는 또 보고야 말았다.

라일락을 담은 글을 쓰고 나서 어머니에게 보낸 적이 있다.

어머니는 당신의 글에도 라일락이 담겼다며 소설책의 한 구절을 꺼내어 보여주었다. 어머니는 나의 라일락과 당신의 그것이 닮았다고 하였다. 멀어지기 위해 그렇게나 반항했지만 어느 순간 나는 어머니의 가치와 꽤나 닮아 있었다. 나의 향기는 문학을 닮아 있던 것이다. 어떤 이의 향기는 음악을 닮고 어떤 이의 향기는 그림을 닮은 것처럼. 얼마 전 가덕도에서 문학도들과 짧은 모임을 가졌다. 그 자리를 빌려 나는 속에 담아놨던 사과의 말을 전했다. 어머니도 나의 말을 듣고 있었다. 이제는 나의 향기가 되어버린 어머니의, 또 여러분의 향기를 존중한다고 말했다.

눈송이가 아무 맛도
나지 않는 이유

2018.02

남쪽 나라에 눈이 내렸다. 겨울이 찾아오면 서울과 부산은 마치 다른 나라처럼 느껴진다. 북쪽 나라에 한파가 몰아치는 날에도 남쪽 나라에는 진눈깨비조차 오지 않는 경우가 허다했다. 그러나 오늘은 이례적으로 무거운 눈이 내렸다. 심지어 눈이 쌓일 수도 있겠다는 생각까지 들게 하였다. 눈을 마주하기 힘든 파리와 부산에 주로 머무르는 내게 설경은 꽤나 낯선 광경이었다. 외투를 여미던 도중 내 입속으로 눈송이가 파고들었다. 나는 깜짝 놀라 걸음을 멈추고 혀를 내밀었다. 그 순간 맛을 보고 싶다는 강한 충동이 일었다. 맛을 보는 일은 그것의 향을 받아들이는 본능적인 행위이기도 하니 말이다.

어렸을 때 눈이 내리면 항상 입을 벌려 그것의 맛을 보곤 하였다. 물론 눈에서는 어떠한 맛도 느껴지지 않았다. 그럼에도 나는 항상 다음 겨울을 기다렸다. 다음 겨울이 되어 하늘을 휘저으며 내려오는 눈송이가 다시 내 입으로 들어오는 날을 꼬박 기다리곤 하였다. 지금보다 더 높은 하늘을 올려다보던 어린 나에게 눈송이는 기다림의 향기를 담고 있었다.

홀로 유학길을 나선 2013년의 첫겨울 브장송에도 눈이 내렸다. 나는 며칠을 나부끼는 눈바람을 헤쳐내며 학교로 향했다. 내 입술과 사정없이 부딪히는 눈송이에서는 로즈마리Romarin의 향기가 났다. 아니 로즈마리에서 느껴지는 기분 좋은 선선함이 쏙 빠진 무심할 정도로 매운 향취만이 전신에 퍼져나갔다. 괜찮다, 괜찮다, 스스로를 달래보아도 날카로운 냄새는 가시지 않았다. 그 시절 눈에서 풍겨오던 악취는 불안함에 떨고 있던 내 마음의 냄새였다.

지난 연인과 함께 독일로 향하던 여행길에서도 눈이 내렸다. 창밖에는 눈보라가 매섭게 내리쳤지만 우리에게는 그 마저도 낭만의 전주였을 뿐이었다. 서로를 껴안고 있을 때면 둘 사이에서 눈 냄새가 진하게 맴돌았다. 두텁도록 따뜻한 상탈의 향기를 내는 눈이었다. 어쩌면 연한 분홍빛이 내비치는 장미꽃 향기였을지도 모르겠다.

무색무취의 눈은 마주하는 사람의 순간을 품는다. 그리고 그 순간은 눈의 향기로 추억된다. 그것이 하늘에서 갓 내려온 눈송이가 아무 맛도 나지 않는 이유일지도 모른다. 아직 오늘 맛본 눈송이에서는 그 어떤 맛도 나지 않는다. 나는 머지않은 순간 피어날 오늘의 눈꽃 향기를 기다린다.

나는 나를 조향사라
부를 수 있게 될까?

2018.03

이 책은 나의 향들과 경쟁하듯이 쓰였다. 물론 글을 쓰기 시작한 것이 훨씬 일렀지만 두 작업은 함께 끝을 향해 달려가고 있다. 향수가 출시되면 나는 스스로를 '조향사'라 부를 수 있게 될까. 사실 변한 것은 아무것도 없다. 아직 배울 것이 많이 남아 있고 학업을 끝낸 후에도 노력을 멈추면 안 된다. 이제 목표를 모두 이뤘으니 네 별은 모두 사라진 것이냐고 한 지인이 물은 적이 있다. 멍청한 짓이지만 나는 꿈을 이루기 전부터 이러한 걱정에 사로잡혀 있었던 적이 한두 번이 아니다. 나 같은 목표지향형 인간에게 꿈이 사라진다는 것은 매우 끔찍한 일이기 때문이다. 그러나 다행히도 나의 별은 사라지지 않았다. 그저 내가 그 위에 올라서 있을 뿐이다. 그리고 새롭게 발을 디딘 별의 하늘에는 또다른 별이 빛나고 있다.

내가 향을 하는 이유

2019.07

에트르라 ÊTRE-LÀ. 내 향수들이 완성되었다. 그리고 나를 닮은 그 향기들이 대중에게 선보여지는 순간을 상당히 오묘한 기분 속에서 기다리고 있다. 설레고 흥분되다가도 걱정스럽고 겁이 난다. 그래, 고통받지 않은 자의 모습이 어찌 빛나겠는가. 계획이 틀어지거나 예측할 수 없는 상황은 나를 두렵게 한다. 사람들이 내가 내놓은 향을 맡고 무엇을 느끼고 어떤 반응을 보여줄지 나는 상상조차 할 수가 없다. 허나 이것이 바로 내가 향을 하는 이유가 아닐까 한다. 내가 향을 전하면 당신은 여태껏 누구도 느껴보지 못한 감정을 느낄 것이고, 그 반응이 나에게 되돌아오면 나는 또다른 영감을 얻을 것이다.

이것이 내가 추구하는 향이라는 예술일 것이다. 내 향수가 나오면 가능한 한 많은 시향자들과 교감하고 싶다. 당연히 그것이 긍정적인 방향이기를 바라고 있다. 그러나 비판적이어도 좋다. 이런 부분이 특이했고 저런 부분은 좀 거슬렸고 하는 식의 여러 가지 의견을 듣고 싶다. 내게 어떤 조향사가 되고 싶냐고 묻는다면 나는 어떻게 대답을 할까. 물론 나도 장 끌로드 엘레나Jean-Claude Ellena:226쪽나 도미니끄 로피옹Dominique Ropion:174쪽처럼 전 세계적으로 유명한 조향사가 되고 싶다. 한국을 떠나올 때 어머니께 소리쳤던 것처럼 돈을 끌어모으는 조향사가 되고 싶기도 하다. 그러나 그 무엇보다도 시향자들과 항상 연결되어 있는 조향사가 되고 싶다는 마음이 가장 우위에 있다. 이것이 지금까지 내가 조향을 하면서 지향했던 방향이고, 앞으로도 이 생각을 지켜나가려 한다. 한번은 같이 향을 공부하는 친구에게 이 주제를 꺼낸 적이 있다. "다른 누군가와 네가 만든 향수에 관해 이야기를 나눈다면 어떤 기분일 것 같아?" 그는 전율이 일 것 같다고 답했다. 나도 같은 생각이었다.

내 가 향 을 사 랑 하 는 이 유

2019.07

원료. 로우 마테리얼Raw Material. 마띠에르 프레미에르Matière Première:242쪽. 향의 근간이 되는 물질. 향을 만드는 데 들어가는 재료. 향료. 그 이름은 어떻게 불러보아도 항상 같은 느낌으로 내게 와닿는다. 향을 공부하는 데 있어 원료의 중요함은 몇 번을 강조해도 부족하다. 합성 원료. 화학적인 방법을 통해 합성하거나 생산해낸 원료. 천연 원료. 나무껍질, 꽃, 잎, 과일껍데기, 뿌리, 송진 등 자연에서 추출해낸 원료. 향을 배우는 것이 항상 어렵게 느껴지는 원인. 또 그것이 너무나도 신비스럽다는 것을 일깨워주는 요소. 나는 ESP에서 250여 개의 원료를 익혔다. 향을 맡고, 익히고, 잊어버리고, 다시 맡고.

지난 2년간 싫은 이들과 좋은 이들과 뒤섞여 그들의 자취를 좇아왔다. 이집카로 건너오면서 350여 개의 원료를 익혔다. 그중 몇은 앞서 경험한 원료였고, 또 몇은 들어본 적이 있는 원료였으며, 다수는 처음 접하는 원료였다. 이제 그들의 이름만 들어도 향이 떠오르고, 색이 칠해진다. 명암이 씌워지고, 무게가 느껴진다. 그들은 시간이 지날수록 내 안에서 모습을 바꾼다. 첫 만남에서 무거운 고동색이었던 앙쌍Encens: 183쪽은 오늘 내게 주황이 섞인 노란색의 형상이다. 내가 상시 기억하는 원료는 몇 가지나 될까. 500개 이하. 내가 자주 사용하는 원료는? 100여 가지, 혹은 그 이하. 내가 모르는 원료는 얼마나 많을까. 필히 수천 가지. 그렇다면 내가 1,000가지, 2,000가지의 원료를 더 익히게 된다면 얼마나 남을까. 여전히, 수천 가지. 그럼 마지막으로, 그 수많은 원료들을 모두 알게 된다면 내 향에는 몇 가지 원료들이 사용될까. 100여 가지, 분명 그 이하. 지금 이 순간에도 어느 랩실에서 새롭게 탄생하고 있을 합성 원료. 어떤 향료회사에서만 독점적으로 생산되고 있을 천연 원료. 내가 만나볼 수 없는 원료들. 내게 필요한 원료는 내 그림의 마지막 퍼즐 조각이 될 수 있는 원료.
내 향을 맡는 사람들에게 그 그림을 보여줄 수 있는 원료. 우
리를 하나로 엮어주는 향의 기본 단위. 내가 향을 사랑하는
이유. 원료. 향료.

10 rue de Firmin, Paris

— 누구에게나 향기로 기억되는 거리가 있다 1

2019.07

2014년 9월, 비가 내리던 늦은 밤 나는 피르망 기오Firmin Gillot가 위를 지났다. 파리에서의 첫 보금자리로 향하고 있었다. 캐리어 바퀴가 울퉁불퉁한 돌바닥의 표면을 긁고 지나갔다. 거리 위 그 어떤 무엇보다도 큰 소리를 내었다. 사실 그 소음에는 캐리어의 무게가 고스란히 담겨 있었다. 어쩌면 낯선 거리를 찾아온 한 이방인이 품은 마음의 무게였을지도 모르겠다.

그때 나는 새로운 삶을 살아가야 하는 순간에 놓여 있었다. 파리로 상경하기 전에는 브장송이라는 시골 마을에 머물고 있었는데 그곳에서의 시작은 이렇게까지 긴장되지 않았던 것으로 기억한다. 어린 나이에 홀로 시작한 외국 생활이었지만 오히려 그렇기에 나에게는 방황할 겨를조차 주어지지 않았다. 나는 적응해야만 했다. 몇 번의 이사를 거쳐 정착한 거리의 이름은 뤼 드 라 리버떼Rue de la Liberté, 자유의 거리였다. 그러나 내가 간과한 것이 있었다. 잊게 된 것인지, 잊고 싶었던 것인지 나는 어찌되었든 이곳에서 언젠가 떠나야 하는 이방인이었다. 1년 반이 훌쩍 지나가버리고 마지막으로 돌아본 텅 빈 나의 방이 흐릿하니 눈에 잘 들어오지 않았다. 브장송 생활이 마냥 행복하기만 했었을까. 정든 무언가와 이별하는 사람이 남길 수 있는 유일한 그 무엇은 결국 눈물일 것이다. 나는 해가 저물어가는 브장송의 비오뜨Viotte역에서 파리행 기차를 기다렸다. 내가 자유의 거리를 뒤로하고 향한 곳은 피르망 기오의 거리, 타인의 거리였다.

　파리로 이주하기로 한 것은 나의 선택이었다. 보다 정확하게는 내 의지가 일정 부분 포함된 선택이라 할 수 있었다. 사실 나를 파리로 이끈 건 내 의지보다도 나의 목표, 그것의 의

지가 더 큰 영향을 미쳤다 할 수 있겠다. 돌이켜보면 브장송에서의 시간은 참으로 짧았던 듯싶다. 하지만 그사이 나는 시간으로 가늠할 수 없는 내 인생에 있어 여러 결정적 순간들을 경험하였다. 첫사랑을 만났고 학업적 성공을 거뒀으나 결국 홀로 남겨졌다. 이러한 상황에서 나에게 주어진 마지막 기회였던 파리행은 불가피한 선택이었다. 나는 조향사가 되려 프랑스로 왔고 이것은 나의 목표를 이루기 위한 유일한 방법이었다.

피르망 기오 가는 파리의 외곽 도로 바로 안쪽에 위치한 작은 골목길이었다. 아무리 파리 15구라 하더라도 도시 외곽과 가까워질수록 주변은 번잡해지기 마련이다. 다행히도 내가 머물던 피르망 기오 가는 비교적 정돈되어 있는 거리였다. 파리 중심지를 떠올릴 때 주로 등장하는 오스만풍의 웅장한 건물들로 이루어져 있지는 않았으나 붉은색의 벽돌로 쌓아올린 클래식한 건물들과 그 맞은편의 테니스 코트가 서로 다정히 마주보고 있는 모습이 꽤나 인상적인 동네였다. 나의 집은 10번지였다. 10번지에서도 굉장히 독특한 곳이었는데, 건물

가운데에 뚫려 있는 작은 정원 같은 공간 속 별채였다. 그렇기에 건물 현관문을 열고 들어간 후 다시 정원으로 통하는 문으로 나가야지만 비로소 내 집에 다다를 수 있었다. 이 과정은 나에게 여전히 오묘한 감정으로 남아 있다. 나는 항상 집으로 들어가기 위해 문을 한번 열고 들어갔다가 다시 다른 문으로 나가야만 했으니 말이다. 어쩌면 그 당시 내가 처한 상황과 너무나도 꼭 닮아 있는 것이 아닌가 하였다.

그래서인지 나는 현관문과 정원문 사이, 짧게 지나쳐야 하는 그 공간을 그렇게도 떠나기가 싫었다. 그곳이 아늑하다고 느껴질 때조차 종종 있었다. 처음으로 피르망 기오 10번가를 찾은 밤에도 그런 감정과 마주했다. 본채에는 엘리베이터가 없어 상당히 오래되어 보이는 고목 계단을 통해 층계를 올라야 했다. 저녁에 라이트 벨을 켜지 않고 올려다볼 때면 과연 저 계단의 끝이 존재할까 하는 의문마저 들곤 했다. 자칫 섬뜩한 분위기를 자아낼 수도 있을 것 같았으나 오히려 그 앞에서 차분히 진정이 되곤 하던 나였다.

파리에서의 첫 12월이 찾아왔다. 프랑스에서 겨울은 마음이 따뜻한 계절이다. 모두가 대명절 크리스마스를 기다리며 한껏 들떠 있는 시즌이기 때문이다. 나에게도 특별한 나날이었다. 내가 만든 목표를 좇아 달려온 시간이 어느새 두번째 겨울을 채워가고 있었다. 학교생활은 크게 즐겁지 않았다. 애초에 그것이 즐거운지 아닌지 따져볼 여유조차 없었다. 생소한 과목들을 프랑스어로 공부한다는 것은 상상 이상의 큰 어려움이었다. 게다가 우리 학교는 일주일에 한 번씩 시험을 쳐야 했기 때문에 나의 일상은 오로지 그 스케줄에만 맞춰져 있었다.

크리스마스 방학의 첫번째 월요일이 밝았다. 나는 알람을 놓쳐 늦잠을 자버렸고, 허겁지겁 머리를 감은 뒤 밖으로 뛰쳐나왔다. 피르망 기오 가에서 학교까지는 25분 정도가 걸렸다. 버스가 있지만 시간대를 맞추기가 어려워 평소에는 느긋하게 걸어가는 편이었다. 나는 온 힘을 다해 뛰었다. 자동차건 사람이건 눈앞에 다가오는 모든 것을 피하고 또 피했다. 학교 앞에 도착해보니 시계가 9시 30분을 가리키고 있었다. 수업에는 늦었지만 등굣길을 15분 만에 주파한 것은 이번이 처음이었다. 숨을 헐떡대며 정문을 붙잡았을 때야 비로소 나는 깨닫고 말았다. 오늘이 방학의 첫날이구나.

그날 집으로 돌아오는 시간이 얼마나 걸렸는지 나는 기억하지 못한다. 다만 어느 순간 빗방울이 떨어지기 시작했다는 것만은 지금도 생생히 기억하고 있다. 노천카페의 웨이터들이 비가림막을 꺼내기 위해 분주히 움직였고, 드문드문 우산을 펼치는 길거리의 사람들이 두 눈에 들어왔다. 빗방울이 점점 굵어지자 가게 밑으로 피신을 하는 사람들도 보였다. 서둘러 나는 집으로 가고 싶었다. 피르망 기오 가에 들어섰을 때 이미 나는 쫄딱 젖은 채였다. 경사진 거리를 올라 10번지의 현관문을 열었다. 옷에서 물 떨어지는 소리가 실내에 울려퍼졌다. 12월이니 눈이었으면 이렇게 젖지 않았을 텐데 하고 생각했다. 혼자 이러고 있는 모습을 누군가가 보게 된다면 너무나 부끄러울 것 같아 헛웃음이 나왔다. 젖은 옷을 툭툭 털고 다른 문을 열고 또 나가야만 했다. 나는 계단 손잡이를 한번

어루만지고 나갈 참이었다. 그 순간 익숙한 감정이 차올랐다. 또다시 피르망 기오 가 10번지의 향기가 느껴졌던 것이다. 비가 오는 날마다 그 공간에 퍼져 있던 향기. 그것은 한 이방인이 피르망 기오 가 10번지에 첫발을 내디딘 밤부터 그에게 건네받아 온 위로였다. 나는 손잡이를 놓지 못한 채 울음을 터뜨리고 말았다. 그날 나무로부터 향을 일으킨 건 나에게 스며들었던 빗물이었다.

나는 피르망 기오 가 10번지에서 채 1년을 살지 않았다. 내가 어떤 거리에 머문 가장 짧은 시간이기도 했다. 그 이후 불로뉴, 베르사유를 거치며 내 유학생활은 이어져나갔다. 돌이켜보면 그 거리를 떠난 이후에도 그곳의 향기가 나의 한 시기를 지탱해주었음은 분명하다. 우리는 왜 향을 사랑하는가. 향기가 우리를 사랑하기에, 또 우리를 위로하기에 나 역시 그 향기란 것을 사랑하지 않을 수 없는 것이 아닌가. 내 이런 고백 속 그 거리의 향기가 어느 날 당신에게 역시 담담한 위로의 향기로 전해졌으면 한다.

22 rue Richaud, Versailles

─누구에게나 향기로 기억되는 거리가 있다 2

2019.07

베르사유의 여름은 찬란하다. 황토빛의 벽돌로 쌓아올린 담벼락 너머로 짙은 생명의 줄기들이 가득가득 채워져가는 계절이다. 물론 사시사철 그러한 이미지가 그려지는 곳은 아니다. 특히 내가 처음으로 찾아왔던 2011년 겨울 베르사유의 풍경은 그 풍성함과는 사뭇 다른 뉘앙스를 풍겼으니까.

오늘날 이집카의 입구는 두 군데이다. 양문으로 이루어져 있는 차량 입구와 담 구석에 위치하여 사람이 드나들 수 있는 쪽문 입구, 이렇게 둘이다. 두 입구의 공통점은 호출 없이는 열 수 없도록 만들어진 철문이라는 것이다. 가끔 큰 행사가 있는 날이면 차량 입구를 개방해놓는 경우도 있지만 웬만해선 쉽게 출입할 수 없는 학교였다. 심지어 합격 직후 친구들에게 캠퍼스를 보여주기 위해 이집카를 방문한 적이 있는데, 좀처럼 우리에게 길을 내주지 않았던 철통 보안 속 그런 학교였다.

쾌나 먼 과거를 회상하는 것은 나른한 오후 선잠에서 깨어나 흐릿해져가는 꿈을 되짚는 기분과 거의 흡사하다. 아무리 돌이켜봐도 그게 어떻게 가능했던 것인지 도저히 납득이 잘 안 되는 그런 느낌. 우주의 기운이 우리에게 몰렸던 그런 날이었을지도 모르겠다. 처음으로 방문한 베르사유에서 길을 물어가며 찾아온 외국인 가족에게 이집카는 의외로 너무 쉽게 문을 열어주었다. 우리는 캠퍼스를 거닐며 사진을 찍기도 했고, 행정실에서 석사 과정 안내 책자를 받아오기도 했다. 그렇지만 그 입구를 돌아나올 때 내가 얻어간 것은 입학을 위한 조언이라든지 격려 따위가 아니었다. 그저 두 번 다시 닿지 못할 장소일 것 같다는 막연한 섭섭함뿐이었다. 나의 무거운 마음 때문이었는지 그날의 베르사유는 회색과 갈색이 뒤섞인 차갑고 어두운 낮빛의 거리였다.

   그로부터 5년하고 7개월 뒤 나는 이집카로, 이곳 베르사유로 돌아오게 되었다. 내가 처음 갖게 된 베르사유의 이미지는 거의 다 잊은 듯했다. 한 학기가 지나고 나는 히쇼 가 22번지로 이사하게 되었다. 베르사유 주민이 된 뒤 등굣길에서 마주한 거리들은 어느새 내 삶의 한 풍경이 되어 있었다. 처음 이곳에 왔을 때의 거리, 학교로 향하던 기차역 옆 거리, 이제 문을 열면 항상 마주하게 되는 거리. 계절, 하늘, 햇살, 색감, 소리 그리고 온도까지 베르사유가 나에게 가까워질 때마다 그를 향한 내 모든 감각이 변화해갔다. 그곳에서 맞이한 첫봄은 나에게 라일락 향기를 선물해주었다. 그제야 나는 이 거리를 오갈 때마다 내 눈높이보다 한 뼘 더 올려다보며 걸을 수 있게 되었다. 가지 끝 녹색 나뭇잎들이 도톰해져 있던 여름, 푸르른 하늘 속 강렬한 햇살 아래 상아색 건물들이 뜨겁게 달군 살을 자랑하던 여름, 그 계절에 나는 한껏 부신 눈을 자주 감았다 뜨곤 했다.

2018년 여름 나는 프랑스 중부 지방으로 인턴을 떠났다. 어머니와 함께한 여정이었다. 깡드 생 마르땅Candes-Saint-Martin은 베르사유에서 차를 타고 족히 세 시간은 쉼 없이 달려야 도착할 수 있는 작은 강변 마을이었다. 나의 출근길은 루아르Loire 강변 도로였다. 그 위에서 매일 한 시간을 오고가야 했다. 짧지 않은 시간이었지만 마주치는 한 면 한 면이 아름다웠다. 도로변에 길쭉하게 피어 있는 색색의 접시꽃들과 눈을 마주치는 일은 얼마 안 가 나의 일상이 되었다. 그해 여름은 유독 비가 내리지 않았다. 아침에 눈을 떴을 때 구름 낀 하늘을 본 적이 드물 정도였다. 그늘 한 점 없는 출근길이었지만 내리쬐는 여름 햇살은 뜨겁기보다 찬란하게 빛이 났다. 마치 베르사유 같다는 생각을 자주 들게 하였다.

그해 여름 프랑스는 월드컵 우승컵을 차지했다. 결승전에 올라가기까지 내내 전 국민이 축구에 매달려 있었다. 그 덕분에 나도 결승전 경기 당일 당당히 조기퇴근을 한 뒤 어머니와 함께 우승의 분위기를 만끽할 수 있었다. 작은 마을의 광장으로 온 주민이 뛰쳐나와 국기를 흔들며 노래를 부르는 모습이 참으로 인상적이었다. 어머니와 나는 축제 분위기가 사그라들 즈음 산책을 나갔다. 여덟시를 훌쩍 넘긴 시각이었지만 태양이 수평선에 맞닿기까지는 기다림이 조금 더 필요했다.

우리는 산들바람을 쓸어넘기며 강변을 거닐었다. 그사이 우리를 둘러싸고 있는 공간의 색감은 초침의 움직임을 따라 빠르게 변화하고 있었다. 햇살의 파장은 아득하게 길어지고 바람은 우리를 더 가깝게 감싸왔다. 나의 묘한 이 무감각이 어느 한계치에 다다른 순간 나는 걸음을 멈추고 고개를 들었다. 찬연한 광채가 루아르강의 살갗과 겹쳐지는 순간 뇌리에 파고드는 그 향기를 도저히 피해갈 방법이 없었다. 장관이었다. 하루종일 머리 위를 맴돌던 강렬한 햇살이 루아르강 표면에 안겨 들더니 코랄빛 감성을 자아내었다. 여전한 찬란함이었다. 부드러운 따뜻함이었다. 나는 하늘 위로 손을 뻗어보았다. 빛깔이란 것을 만져보고 싶었다. 저런 향기란 걸 빚어내고 싶었다. 인턴 생활을 마치고 다시 쪼이게 된 베르사유의 햇살은 여전히 눈부셨다. 그 아래 가끔 루아르 강변에서 마주한 햇살이 겹쳐 떠오르기도 했다. 이내 눈을 감아버렸다. 그리움이었을까. 되뇔 수 있는 추억거리에 만족이 되었던 걸까. 베르사유에서는 되찾지 못할 순간이라 일찌감치 체념을 했던 것인지도 모르겠다.

나의 일과는 히쇼 가 22번지에서 시작하여 그곳에서 끝났다. 방과 후 베르사유풍 벽돌담으로 둘러싸여 있는 주택들을 지나서 리브 드루와Rive Droit 역을 넘어가면 마침내 저 멀리 히쇼 가가 보였다. 이 거리는 지역 장이 열리는 노트르담 광장 뒤편으로 펼쳐진 히쇼 지구의 중심에 위치해 있었는데 맞은편에는 고급 레지던스와 루이 14세 때 병원으로 사용하던 유적이 자리잡고 있어 상대적으로 굉장히 깔끔한 느낌을 주었다. 어느 날 저녁이었다. 저녁식사를 마치고 바라본 창문은 햇빛을 잃어가는 하늘을 담고 있었다. 바람을 쐬고 싶다는 생각이 들었다. 현관문을 나오며 맞닥뜨린 분위기는 어디선가 느껴본 적이 있는 듯했다. 오른쪽으로 꺾을지 왼쪽으로 꺾을

지 잠시 고민하다 결국 나의 고개가 향하는 쪽으로 몸을 돌렸다. 노을이 비추는 방향이었다. 서편 건물들에 가려져 광원이 보이지는 않았지만 나는 확신할 수 있었다. 그날 베르사유 히쇼 가 22번지에서 지난날 가장 아름다웠던 루아르 강변의 빛깔을 다시 만났다고.

그곳의 향기를 작업할 때 나를 자극한 기억은 정확하고도 명료했다. 2011년 끝내 우리를 비추지 않았던 햇살을 향한 아쉬움, 매번 집밖을 나서는 나를 반겨주었던 햇살의 찬란함, 그날 저녁 루아르 강변에서 목격한 경이로움, 이 모든 감정에서 묻어나는 향기는 서로 다르지 않았기 때문이다. 그 옛날 루이 15세의 궁전을 물들였던 향기와 언젠가 히쇼 가를 지나갈 누군가에게 느껴질 향기 또한 다르지 않을 것이다. 그곳의 향기를 시향하게 될 누군가에게 바란다. 어떤 곳에 있던, 어떤 장면을 목격하건, 그날의 햇살은 히쇼 가 22번지의 향기와 닮아 있기를.

43 rue de Bellevue,
Boulogne-Billancourt

—누구에게나 향기로 기억되는 거리가 있다 3

2019.07

벨뷰 가 중앙에 위치한 사거리에는 꽃집이 하나 있었다. 크게 눈에 띄는 곳은 아니었다. 나는 꽃집 맞은편에 위치한 피자집의 단골이었다. 가끔씩 피자가 당기는 날이나 낮게 피어난 달을 보기 위해 산책을 나온 초저녁이면 언제나 그 꽃집 앞을 지나곤 했다. 그렇게 눈에 익은 지가 1년이 넘어가고 있었다.

그날은 너를 맞이할 준비를 하고 있었다. 선물 바구니도 미리 꾸려놓고 며칠에 걸쳐 고민하며 편지도 완성해놓았지만, 책상 위 꽃다발이 놓일 자리가 아직 비어 있는 채였다. 바쁜 다음날 일정 때문에 미리 꽃을 준비해놓아야 했다. 몇 번을 머릿속으로 되뇌었지만 언제나 그랬듯 시간은 나의 행동거지보다 빠르게 흘러가버렸고 어느새 저녁이 되어 있었다. 우선 배를 채워야겠다고 생각했다.

내게는 바닥을 보고 걷는 습관이 있었다. 하지만 가끔, 예를 들어 너를 기다렸던 그날처럼 아주 드물게, 하늘을 보고 걸을 때도 있었다. 단골 피자집으로 향하는 길 위에서 나는 네가 건너올 하늘을 보고 걸었다. 노을은 이미 사그라졌고 하늘은 투명한 먹색으로 젖어 있었다. 사거리가 선명해질 즈음 피자 굽는 냄새가 풍겨왔다. 하지만 그날은 정말로 이상했다. 습관과는 다르게 내가 하늘을 바라보며 걸었다는 게 이상했고, 그 사거리에 피자 냄새 대신 짙게 퍼진 장미꽃 향기가 배어 있었다는 것이 이상했다.

문 닫을 준비를 하는 건지 가게 주인이 밖에 내놓은 꽃을 안으로 들여놓고 있었다. 나는 두리번거리다가 고개를 들이밀고서 간단한 꽃다발을 준비해줄 수 있겠냐고 물었다. 예상과는 다르게 주인은 15분만 달라고 대답했다. 나는 그렇게 벨뷰가에서 너에게 선물할 꽃다발을 기다렸다. 잠시 후 내가 건네받은 꽃다발은 붉게 달아오른 장미로 채워져 있었다. 나는 꽃다발을 품에 안은 채 집으로 향했다. 피자도 먹지 않고서 발걸음을 돌렸다. 뒤를 돌아보니 꽃집의 불이 꺼져 있었다. 내가 마지막 손님인 것이 분명했다. 나는 왜 물어보지 않았을까, 왜 하필 여러 꽃 가운데 장미로 내게 꽃다발을 만들어줬는지.

집으로 돌아오자마자 찬장에서 가장 큰 유리병을 꺼냈다. 당장 물에 꽂아놓지 않으면 이 향기를 온전히 너에게 전하지 못할 것 같았다. 나는 장미를 바라보며 부디 내일까지는 향기를 잃지 말아달라고 간절히 바랐다. 그날 밤은 쉽게 잠들지 못했다. 오랜만에 너를 만난다는 설렘이 나를 놓아주지 않았던 것이다. 설핏 잠에 들려고 할 때마다 아련하게 퍼져 있는 장미의 향기가 나를 몇 번이고 흔들며 지나갔다. 다행히 다음날이 돼서도 장미는 나와 함께 너를 기다려주었다. 그리고 내가 꽃다발을 품에 꼭 안고 왔던 것처럼 너도 그 향기를 한동안 품고 있었다. 너는 기어코 우리의 장미를 집으로 가지고 돌아가 겠다며 꽃다발을 거꾸로 매달아 말렸다. 덕분에 너와 나의 밤 은 며칠 동안 장미의 향기로 가득했다. 물론 내게는 온전히 너 의 향기였다.

한 시절 너의 살내음을 내 손으로 구현해내기 위해 나는 수 없이 많은 나날을 보내었다. 몇 번이고 고백했지만 결국 받아 들여지지 못한 그 사랑이 지금은 온전한 향기로 완성이 되어 나의 벨뷰 가 43번지에 담겨 있다. 여러 원료들을 시향하고, 떠올리고, 사용해온 시간 내내 줄곧 너를 떠올렸던 것은 사실 이다. 그렇다고 그 향기가 오롯하게 너라고는 말할 수 없겠다. 그 시간 동안 내가 함께였으니까, 그렇게 나도 그 시간 속에 섞여 있으니까.

이 글도, 벨뷰 가 43번지에 담긴 향도, 너에 대한 나의 미련 이나 그리움이 깊어 맺은 결정체만은 아닐 것이다. 오히려 내 기억 속에 한두 방울이나마 남아 있었을지 모를 너라는 사람의 체취를 마침내 지난 시간 속으로 마저 흘려보내는 과정이 아닐까 한다. 이 향을 완성시키고 난 뒤에야 비로소 나는 너로부터 완전히 놓여날 수 있었다. 이제 나는 너라는 사람의 향기를 기억하지 못한다. 오늘 이 벨뷰 가 43번지에 담긴 향은 그렇게 다시는 돌아오지 않을 시절의 반추다.

여기는 가브리엘의
아뜰리에입니다

2020. 6

내가 처음 가브리엘Gabriel이라는 이름으로 스스로를 소개한 것은 중학교 1학년 무렵이다. 그때까지 나의 영어 이름은 크리스Chris. 이제는 낯설게 느껴지는 명칭이다. 나는 2006년 벤쿠버로 영어캠프를 떠났고, 그곳에서 예전 여행에서 만난 동갑내기 친구와 재회하였다. 그 아이의 이름이 가브리엘이었다. 내가 그를 기억할 수 있었던 것은 그의 영어 실력이나 외적인 특징이 아니었다. 오직 가브리엘이라는 이름 때문이었다. 그것은 내가 그를 떠올리게 하기에 충분했다. 나는 어렸을 때부터 줄곧 무교인이었고, 앞으로도 그럴 것이기도 한데, 초등학교 시절 교회라곤 학교 앞에서 장난감으로 아이들을 유혹하던 전도인을 따라가본 것이 전부였다. 그렇기에 나를 매료시킨 것은 대천사 가브리엘의 고귀함 같은 것이 아니었다. 그의 부드러운 어감이 마음에 들었던 것일까. 자기소개를 하는 시간이 다가오자 나도 모르게 그의 차례를 기다리고 있었다. 그의 입 사이에서 튀어나올 이름을 기다리고 있었다. 그러나 그가 내뱉은 이름은 다름 아닌 크리스였다. 그리고 곧이어 옆에 있던 나의 차례가 되었고, 나는 얼떨결에 '가브리엘!'이라 외치고 말았다. 그것이 가브리엘의 첫 자기소개였다. 이유를 물어보니 나의 영어 이름이 탐났다고 하였다. 마치 내가 그랬던 것처럼.

향수를 공부하면서 다른 가브리엘들도 여럿 만나게 되었다. 지키Jicky를 빚어낸 에메 겔랑Aime Guerlain:143쪽의 형제 가브리엘 겔랑Gabriel Guerlain이 있었고, 니치Niche:252쪽 향수 더 디퍼런트 컴퍼니The Different Company의 대표 루크 가브리엘 Luc Gabriel도 있었다. 그 중 가장 유명한 가브리엘은 샤넬의 가브리엘Gabrielle Chanel:160쪽, 코코 샤넬이었다. 가브리엘 샤넬은 사자자리의 용맹함을 품고 태어난 소녀였다. 하지만 그 이름에서 빛이 나기까지 수많은 역경을 견뎌야 했다. 그녀가 아버지에게 버림받고 고아원 생활을 시작한 나이는 고작 열두 살이었다. 그곳에서 가브리엘은 무려 9년 동안이나 검은 작업복을 입고 지냈다고 한다. 어쩌면 그 옷이 우리가 샤넬을 이토록 갈망하게 만드는 아름다움의 모티브였을 수도 있다. 온천이 유명한 시골 마을 비시Vichy의 작은 콘서트 바에서 노래를 부르던 가브리엘은 오늘날 오뜨 꾸뛰르Haute Couture 향수의 어머니가 되었다. 그동안 그녀의 곁에는 샤넬 넘버 5의 에르네스트 보Ernest Beaux : 185쪽, 크리스탈의 앙리 로베르Henri Robert와 같은 조향계 거장들이 머물렀다. 가브리엘 샤넬은 스스로가 행운의 상징이라 여긴 5번을 비롯해 19번, 46번 등 향수에 숫자를 부여했다.

그에 반해 나는 지나간 내 기억 속 강렬했던 한순간, 또 그 시절을 함께한 사람과 머물던 거리의 번호를 향기에 담았다. 그녀는 작품 속에 고귀함과 우아함을 부여하기 위해 검은색과 흰색의 조화를 애용했고, 나는 과거와 미래라는 흑백의 이미지를 향으로 칠해가는 작업을 즐겼다. 물론 나는 샤넬의 여러 향수들을 시향하며 감탄을 내뱉기를 즐거할지언정 그녀를 흉내내려는 마음을 먹은 적이 단 한 번도 없었다. 그저 같은 이름의 가브리엘로서 느끼는 소소한 자부심과 존경심을 명분 삼아 스스로를 슬며시 그녀에 빗대어본 적은 있었다고 하는 것이 솔직한 심정일 것이다. 훗날 나는, 혹여 조향사라는 직업인으로서의 나의 삶을 돌아볼 사람들에게 어떤 가브리엘로 기억이 될까.

그 이름으로 나를 소개해온 지도 10년이 훌쩍 지났다. 대부분 프랑스에 살 때 불려온 이름이었지만 어느 순간 가브리엘 하면 나를 떠올리는 사람들이 여럿 생기기도 했다. 지금의 가브리엘은 서울에서 작은 아뜰리에를 운영하고 있다. 짧게는 2년, 길게는 몇 년간 한국에 발이 묶여 있어야 하는 상황은 오래전부터 예견해왔던 것이다. 그리고 그것을 꽤나 오래 걱정해왔던 것도 사실이다. 그렇지만 나는 가브리엘의 아뜰리에 덕분에 이곳에서 꿈을 이루어내고 있다. 2014년 ESP에 지원하던 가브리엘의 입학 동기서에는 그의 진심 어린 꿈이 담겨 있었다. 그도 그럴 것이 오랜 꿈의 시작점을 눈앞에 둔 사람의 고백이 얼마나 간절하겠는가.

가브리엘의 꿈은 향수 종주국이라 할 프랑스가 소유하고 있는 향의 아름다움을 두루 나눠 갖게 하는 것이다. 그가 그 랬듯이 그처럼 향을 꿈꾸는 사람들을 자주 만나고 싶다. 그래 서일까. 가브리엘의 아뜰리에에는 진정으로 향을 사랑하는 사람들이 모이곤 한다. 가브리엘은 향과 조우하고, 향을 쌓아 가고, 새로운 향을 다시 받아들이는 과정을 그들과 함께하고 있다. 지금껏 그가 향을 경험해온 방식 그대로.

2
부

A~Z

A

Absolue〔압솔류〕 : 프랑스어 사전은 압솔류를 순수 향료로 정의해놓았다. 이것은 압솔류의 본 명칭인 에쌍스 압솔류Essence Absolue를 직역해놓은 것이지만 이 단어가 정말 순수한 향료를 의미하는 것은 아니다. 압솔류를 얻기 위해서는 2가지 공정을 거쳐야 한다. 우선적으로 행해지는 것은 용매 추출법인 엑스트락시옹 오 솔방 볼라틸Extraction au Solvant Volatil이다. 이 과정을 통해 얻어진 고체 향 농축액은 원료에 따라 꽁크렛Concrète이나 레지노이드Résinoïde로 나뉜다. 이리스Iris는 꽁크렛으로, 랍다넘Labdanum이나 카스토레움Castoréum은 레지노이드로 바로 사용되기도 한다. 그러나 이것에는 압착법이나 증류법을 통해 추출해낸 윌 에쌍시엘Huile Essentielle에 비해 향을 내지 않는 무거운 성분이 다량 포함되어 있다. 불순물을 제거하고 액체 상태의 원료를 얻기 위해 알코올과 같은 가용성 용매에 세척 과정을 거치면 드디어 압솔류가 탄생한다.

Accord〔아꼬르〕 : 보통 음악에서 화음을 이야기할 때 사용되는 이 단어는 조향계에서도 가장 많이 쓰이는 용어 중 하나가 아

닐까 생각한다. 작곡가가 음표들을 줄 세워 화음을 만들어내듯
조향사는 향료들을 배합하여 아꼬르를 구성한다. 아꼬르의 사
전적 정의는 어떠한 후각적 효과를 내기 위해 2가지 이상의 향
료를 사용하여 만들어낸 결과물이다. 사용된 향료들의 비율이
절묘하게 맞아떨어질 때 가장 조화로운 아꼬르가 완성된다.

Agrume〔아그륌〕: 레몬, 오렌지, 만다린, 베르가모뜨Bergamote,
라임, 자몽, 유자, 탄저린 등 감귤류의 과일을 통칭하는 단어이
다. 그리스신화 속 황금 사과가 열리는 에스페리드Hespéride 정
원에서 유래되어 동명의 이름으로 불리기도 한다. 향수의 시작
부분에 상쾌함과 싱그러움을 더해주어 소비자들을 유혹하는
역할을 맡고 있다.

Aimé Guerlain〔에메 겔랑〕: 피에르 프랑수와 파스칼 겔랑Pierre-
François-Pascal Guerlain의 아들이자, 그를 이은 겔랑 가문의 두번
째 조향사이다. 형제였던 가브리엘 겔랑Gabriel Guerlain은 가문
의 경영을 맡았고, 에메 겔랑은 가문의 마스터 조향사를 전담

했다. 합성 원료들이 막 사용되기 시작한 19세기 말에 활동했
던 그는 1889년 역사적인 향수 지키Jicky를 탄생시킨다. 에메
겔랑은 이 향수를 완성하기 위해 첫사랑과의 추억을 더듬어가
며 작업했다고 한다. 지키는 특정 원료의 향을 표현할 목적으
로 작업하지 않은 최초의 추상 향수, 파팡 압스트레Parfum Ab-
strait이다. 바닐린Vanilline과 꾸마린Coumarine, 씨벳Civette에서
뿜어져나오는 부드럽고 육감적인 향이 상당히 매력적이다.

Alambic〔알람빅〕 : 가열과 냉각을 반복하여 용매로부터 향 물
질의 분리를 일으키는 증류추출장치이다. 이집트의 여왕 클레
오파트르Cléopâtre가 최초로 고안한 것으로 알려진 알람빅의 모
습은 증류할 원료를 담는 통 위로 기둥이 연결되어 있고, 그 끝
을 덮고 있는 둥근 뚜껑에 목이 가는 관이 달려 있는 형상을 하
고 있다.

Alcool〔알코올〕 : 18세기 유럽에서 장 마리 파리나Jean Marie Fa-
rina가 처음으로 적용한 이래로 조향계에서 가장 많이 사용되

는 중성 용매 중 하나이다. 대부분의 향료들이 친유성을 띠기 때문에 나타나는 기름의 텁텁한 느낌을 가려주며 향을 피부에 빠르게 고정시키는 역할을 한다. 또한, 제품 안에서 미생물이나 세균이 증식하는 것을 방지해주고 강한 휘발성으로 향수의 확산성을 높여준다.

Aldéhyde〔알데이드〕 : 유기 화합물인 알데이드는 샤넬 N° 5에 사용됨으로써 조향계에 혜성처럼 등장했다. 이 작품에서 느껴지는 인공미가 전례 없는 성공을 거두자 알데이드는 수많은 향수에 폭발적으로 사용되었고 향의 한 계열로까지 자리잡았다. 알데이드 계열의 기본적인 특징은 아그룸 원료의 향을 떠올리며 강한 금속성의 느낌을 주고 비릿한 향취를 풍긴다는 점이다. 대표적인 원료들로는 알데이드 C10 Aldéhyde C10, 알데이드 C11 운데실레닉Aldéhyde C11 Undecylenic, 알데이드 C12 MNA Aldéhyde C12 MNA, 아독살Adoxal 등이 있다.

Ambrée〔앙브레〕 : 영어 명칭인 엠버Amber로 널리 알려진 향수 계열이다. 1905년 프랑수와 꼬띠François Coty에서 출시한 향수 랑브르 앙떠끄l'Ambre Antique 에서 처음 유래되었고, 겔랑Guer-lain의 샬리마Shalimar, 1921에서 유래된 오리엔탈Orientale 계열과 혼용된다. 향이 열을 품은 것처럼 따스하고 관능적이며, 주위를 부드럽게 감싸는 듯한 느낌을 준다. 향료를 묘사하는 형용사로서 사용되기도 하는데 앙브레로 표현되는 대표적인 원료들로는 씨스트Ciste와 앙브록상Ambroxan을 꼽을 수 있다.

Ambre Gris〔앙브르 그리〕: 향유고래의 창자에서 형성된 점도가 있고 잿빛을 띠는 물질이다. 조향계에서는 앙브르 그리 추출물을 순수 엠버, 앙브르 퓨르Ambre Pur라 부르며 사용하였다. 채취한 직후의 앙브르 그리는 매우 불쾌한 악취를 풍기지만 적합한 조건에서 몇 달 혹은 몇 년간 숙성되고 나면 육감적이고 흡사 무거운 나무 향을 떠올리게 하는 본연의 특징이 드러난다. 르네상스 시대부터 바다에서 떠내려온 앙브르 그리를 사용하기 시작했고, 16세기에 이르러서는 금보다 높은 가격이 매겨질 만큼 고급스러운 원료로 자리매김하였다. 그러나 1970년대에 워싱턴 조약으로 향유고래의 포획이 금지된 이후 이 원료 또한 생산하지 못하게 되었다.

Amore Pacific〔아모레 퍼시픽〕 : 대한민국에 연고를 둔 국제화장품기업이다. 1990년대부터 프랑스 디자이너 롤리타 렘피카 Lolita Lempicka와 라이센스를 체결한 향수 브랜드를 개발하여 해외 여성 향수 시장에서 큰 성공을 거두었다. 그뿐 아니라 2011년에는 프랑스의 전통 있는 니치 향수 브랜드 아닉 구딸Annick Goutal을 인수하여 조향계의 주목을 받았다. 아모레 퍼시픽이 코스메틱 및 향수 시장에서 보여주고 있는 행보와 영향력은 프랑스뿐 아니라 전 세계의 이목을 끌고 있다.

Animale〔아니말〕 : 익숙하지 않은 사람들에게는 맡기 불편할 정도로 역한 원료들이 포진해 있는 향 계열이다. 물론 향을 공부하는 학생에게도 친해지기 쉽지 않은 원료들이지만 향수 안에서 흥미로운 효과를 낼 수 있는 잠재성을 지니고 있다. 그렇기에 조향사가 이 재료들을 적절하게 사용하여 특색을 잘 살려준다면 예술작품의 마지막 퍼즐 조각 같은 역할을 할 수 있다. 대부분이 무겁고 진득한 냄새를 풍기며 담배 향이나 가죽 향을 표현할 때 사용되기도 한다. 대표적인 원료들로는 카스토레움, 씨벳, 앵돌Indole 등이 있다. 몇몇 원료들은 동물 몸의 일부분을 추출하기 때문에 채취가 힘들거나 사용이 금지된 경우가 많다.

Annick Goutal〔아닉 구딸〕 : 창립자 아닉 구딸은 원래 피아노를 전공한 음악가였지만 보디 로션 브랜드를 준비하던 친구를 돕기 위해 그라스Grasse를 방문했을 때 향수의 세계에 눈을 떴다고 한다. 결국 그녀는 1981년 조향사 앙리 소르소나Henri Sorsona와 함께 파리에 자신의 첫 매장을 열었다. 엄선된 원료를 사용하여 수공예 방식으로 제작되는 그녀의 클래식 향수들은 빠르게 마니아층을 형성해나갔다. 1999년 아닉 구딸이 세상을 떠나자 그녀의 딸 까밀 구딸Camille Goutal이 브랜드를 이어받아 조향사 이자벨 도옌Isabelle Doyen과 함께 아름답고 독창적인 향을 끊임없이 창조해내고 있다. 아모레 퍼시픽에 인수된 후에는 제주도에서 영감을 받은 향수 릴 오 떼L'ille au Thé를 출시하는 등 한국 시장에도 관심을 기울이고 있다.

Anosmie〔아노스미〕 : 냄새를 맡는 능력을 상실한 상태인 후각 상실증을 의미한다. 선천적 혹은 후천적으로 감각신경의 퇴행이나 후각기관의 손상에 의해 발생한다. 미각의 상당 부분이 후각에 의존하기 때문에 아노스미는 필연적으로 미각 감퇴를 동반한다.

Aromatique〔아로마틱〕 : 삼림숲을 떠올리게 하며 쾌적한 느낌을 주는 원료를 묘사할 때 사용하는 형용사이며 향 계열이다. 기관에 따라서 아그레스트Agreste라고 불리기도 한다. 대표적인 원료로는 라방드Lavande와 망뜨 베르뜨Menthe Verte, 바질릭Basilic, 아세땃 드 망따닐Acétate de Menthanyle 등이 있다. 주로 향수의 시작 부분에서 상쾌함을 주기 위해 에스페리데 계열 원료들과 함께 사용되거나 푸제르 계열 남성 향수에 많이 쓰인다.

B

Balsamique

Base

Baume

Benjoin

Bergamote

Bouchon

Boisé

Bourjois

Byredo

Balsamique〔발사믹〕 : 바닐라의 달콤함이 느껴지며 나무 진액을 떠올리게 하는 원료를 묘사할 때 사용하는 형용사이자 향 계열이다. 대표적인 원료로는 바닐린, 뱅주앙Benjoin, 봄므 드 똘류Baume de Tolu 등이 있으며 주로 오리엔탈 계열 향수에서 핵심적인 역할을 한다.

Base〔바즈〕 : 조향의 편의성을 위해 만들어놓은 여러 원료들의 조합물이다. 조향사는 이것을 하나의 원료처럼 익히고 다룬다. 향료회사에서 바즈를 사용하는 이유는 2가지로 나뉜다. 일단 가장 근본적인 이점으로는 기술적 문제로 추출이 불가능하거나 가격 생산성이 떨어지는 자연 원료를 바즈로 재현해놓으면 그것을 자연 원료의 복제품같이 사용할 수 있다는 점이다. 또한 새로 개발되었거나 독특한 향 때문에 거부감을 줄 수 있는 원료를 판매할 때 그것의 응용 방법을 쉽게 제시하기 위해서 바즈를 개발하기도 한다.

Baume〔봄므〕 : 식물에게서 얻어지는 점성이 있는 진액이나 고무를 의미한다. 조향계에서는 미르Myrrhe나 오포포낙스Opo-ponax, 봄므 뒤 뻬루Baume du Pérou, 뱅주앙같은 원료들이 봄므에서 추출해 얻어진다.

Benjoin〔뱅주앙〕: 스티락스Styrax 종의 식물을 추출하여 얻어낸 봄므이다. 터키에서는 스토락스Storax라고도 불리며 인도차이나반도에서 얻어진 뱅주앙은 뱅주앙 드 시암Benjoin de Siam, 인도네시아에서 얻어진 뱅주앙은 뱅주앙 드 수마트라Benjoin de Sumatra라는 이름으로 상품화되었다. 원료로 추출하였을 때의 뱅주앙은 달콤하고 부드러운 느낌으로 앙브레나 발사믹 계열 원료들과 함께 오리엔탈 향수에 자주 등장한다. 전통적으로 뱅주앙 드 수마트라는 담배에 향을 첨가하는 용도로, 뱅주앙 드 시암은 불을 붙여 향을 내는 종이 형태의 디퓨저, 파피에 다르메니Papier d'Armenie의 주요 성분으로 사용되었다.

Bergamote〔베르가모뜨〕: 비터 오렌지와 라임의 교배종으로 알려져 있는 아그룸이다. 십자군에 의해 유럽에 처음 소개된 18세기부터 이탈리아의 칼라브리아Calabria 지방에서 주로 재배되었다. 베르가모뜨의 껍질을 압출법인 엑스프레시옹Expression으로 추출하여 얻어낸 에쌍스는 오 드 꼴로뉴Eau de Cologne의 핵심 원료이며, 유럽인들이 즐겨 마시는 홍차 얼 그레이Earl Grey에 향을 내는 용도로 사용된다.

Bouchon〔부송〕: 향수병의 마개를 의미하는 단어이다. 과거에는 디오르Dior의 디오리시모Diorissimo나 니나 리치Nina Ricci의 레르 뒤 떵L'Air du Temps 등 부송만으로도 이목을 사로잡는 마케팅이 사용된 경우가 많았지만, 심플함을 표방하는 니치 향수들이 크게 유행을 타면서 외관상으로 독특한 디자인의 향수를 찾아보기 힘들어졌다. 대신 재활용이 가능한 나무 부송을 사용하는 친환경 브랜드 샤리니Sharini와 같이 디자인 외적인 부분에서 색다른 의미를 부여하려는 노력이 이어지고 있다.

Boisé〔부아제〕: 나무를 뜻하는 프랑스어 부아Bois에서 파생된 단어이다. 단어 그대로 나무 냄새의 특징을 가진 원료를 묘사할 때 사용되는 형용사이자 향 계열이다. 대표적인 원료로는 부아 드 쎄드르Bois de Cèdre, 부아 드 상탈Bois de Santal, 베티베르Vétiver, 바크다놀Bacdanol 등이 있다. 향의 깊은 부분에서부터 풍부하게 올라오며 부드러움을 더하고 따스함을 심어준다.

Bourjois〔부르주아〕: 조셉 알베르 뽕상Joseph-Albert Ponsin이 1862년 파리에 문을 연 화장품 브랜드이다. 연극인을 위해 피부를 하얗게 해주는 화장품을 출시해 큰 인기를 끌었고, 엘떼뻬베L.T. Piver나 에두아르 삐노Edouard Pinaud 같은 브랜드와 함께 19세기 말 계몽주의 시대의 향수 전성기를 연 주인공으로 평가받는다. 유명한 향수로는 에르네스트 보Ernest Beaux가 조향한 푸른 병의 향수, 수아르 드 파리Soir de Paris가 있다. 오랜 기간 샤넬의 자회사였지만 2015년 꼬띠에 매각되었다.

Byredo〔바이레도〕: 파리가 아니다. 바이레도는 스웨덴의 수도 스톡홀름에서 온 북유럽의 브랜드이다. 창립자 벤 고햄Ben Gorham은 순수예술을 전공하였지만 조향사 피에르 울프Pierre Wulff와의 만남 이후 조향계에 입문하였다고 한다. 브랜드 이름은 '향기를 통해'를 뜻하는 영어 By Redolence의 줄임말이며, 조향사 올리비아 지아코베티Olivia Giacobetti와 제롬 에피넷Jérôme Epinette의 도움을 받아 자신만의 스타일과 예술적 감각을 향에 담아내고 있다. 또한 예술작품에서 영감을 받거나 예술가 혹은 예술 단체와의 공동 프로젝트를 통해 향수를 만들어내는 독특한 행보를 보이고 있다.

> C

Castoréum〔카스토레움〕 : 유라시아와 북아메리카 대륙에 서식하는 비버의 림프절에서 만들어진 분비물이다. 고대 시대부터 사용되었고 비잔틴 시대 때는 약재로 쓰이기도 하였다. 조향계의 대표적인 동물 원료 중 하나이며, 갓 채취했을 때는 불쾌하지만 숙성을 거치면서 깊고 따뜻한 느낌을 주는 아니말 계열 원료의 전형적인 특징을 가지고 있다. 뀌르Cuir나 앙브레 향수에 주로 사용되었지만 동물을 죽여야 얻을 수 있는 원료라는 특성상 자연적 채취가 점차 줄고 있는 실정이다. 그러나 화학 기술의 발달로 이제는 합성 원료들이 카스토레움의 자리를 대체해가고 있다. 카스토레움을 사용한 대표적인 향수로는 샤넬의 앙떼우스Antæus, 1981가 있다.

Catherine de Médicis〔까뜨린 드 메디시스〕 : 프랑스의 향수 역사에서 빠질 수 없는 중요한 인물이다. 까뜨린 드 메디시스는 1519년 이탈리아 피렌체Firenze에서 강력한 영향력을 행사하고 있던 메디시스Médicis 가문의 외동딸로 태어났다. 그 당시 이탈리아는 향의 중심지로 유럽 전역에 이름을 날리고 있었다. 이탈리아 안에서도 피렌체가 특히 유명하였는데, 그 이유는 향료로 사용되는 식물을 연구하던 성 도미니카 수도원이 위치하고 있었기 때문이다. 그녀는 열네 살이 되던 해 앙리 2세Henri II와 결혼하였고 축혼의 의미로 수도원에서 만들어진 오 드 라 렌Eau de la Reine을 프랑스로 들여왔다. 베르가모뜨의 향이 돋보이는 이 향수는 프랑스 왕궁을 이탈리아의 향기로 물들였다고 한다. 그녀가 프랑스에 가져온 것은 그것뿐만이 아니었다. 까뜨린 드 메디시스는 가죽장갑에 향을 입혀 악취를 없애고 작은 향병을 주머니에 넣어 옷에 향기를 내는 등 프랑스에 새로운 향 문화를 유행시키는 데 혁혁한 공을 세웠다.

Cèdre〔쎄드르〕: 서양 삼나무를 뜻하며 조향계에서는 버지니아나 텍사스산 삼나무의 지저깨비를 증류추출하여 사용한다. 향이 매우 건조하며 나무 진액의 느낌도 묻어난다. 학창시절 매일 맡았던 연필심의 냄새와 매우 흡사해서 텍사스 삼나무의 향기를 사랑하는 것 아닐까 하는 추측도 하게 된다. 세르쥬 루땅 Serge Lutens의 페미니떼 뒤 부아Féminité du Bois는 부아 드 쎄드

르가 표현할 수 있는 아름다움의 극치를 보여준다.

Chanel〔샤넬〕: 향수와 화장품, 패션, 악세사리 등 다양한 제품 군을 가진 프랑스 기업이다. 1909년 가브리엘 샤넬Gabrielle Chanel이 문을 연 양장점을 모체로 하고 있다. 샤넬 N° 5, 1921의 명성은 향수에 전혀 관심이 없는 사람조차도 한 번쯤은 들어봤을 만큼 전설적이다. 조향사 에르네스트 보와 함께 탄생시킨 혁명적인 향수 N° 5와 N° 22, 1922가 어마어마한 성공을 거두자, 샤넬의 화장품과 향수 라인을 총괄하는 샤넬 향수회사가 세워진다. 그러나 이 회사는 가브리엘 샤넬이 지분을 10퍼센트밖에 갖고 있지 않은, 베르타이머Wertheimer 가문의 회사였다. 샤넬은 세계대전이 진행되는 동안 양장점을 닫았다가 전쟁이 끝난 후 1953년 새로운 매장을 개장하였다. 그로부터 1년 후, 그녀는 자신이 관리에 미숙하다고 판단하여 샤넬 향수회사에 매장 경영권을 매각하였다. 이렇게 1954년 샤넬의 양장점과 향수회사가 합쳐져 지금의 샤넬이 탄생하였다. 지금의 샤넬 향수사업부는 자체 향수개발연구소가 존재하는 몇 안 되는 매스퍼퓸 브랜드 중 하나이며, 전속 조향사인 자끄 폴쥬Jacques Polge와 그의 아들 올리비에 폴쥬Olivier Polge를 앞세워 세계 향수 시장을 선도하고 있다.

Chromatographie[크로마토그라피] : 화학물질의 질량이나 구성요소 등을 분석해내는 기술이다. 조향계에서는 자연 원료의 성분을 분석하거나 향수에 사용된 원료들과 그 비율을 알아내기 위해 사용한다. 분석 대상의 분리를 이끌어내는 고정상과 분석 대상이 녹아 있는 이동상의 종류에 따라 여러 가지 방법으로 나뉘지만 향 분자들이 공기를 통해 이동한다는 점을 이용해 이동상인 기체 크로마토그라피, GCGas Chromatography가 가장 일반적으로 사용된다.

Chyprée[시프레] : 1917년 프랑수와 꼬띠는 지중해의 시프르Chypre섬에서 영감을 받아 동명의 향수를 탄생시킨다. 이 전설적인 향수에서 파생된 향수 계열이 바로 시프레이다. 시프레 계열 향수를 이루는 제일 기본적인 요소는 무스 드 쉔Mousse de

Chêne, 파출리Patchouli 그리고 씨스트나 앙브라롬Ambrarome 같은 앙브레 계열 원료이다. 꼬떼의 시프르 외에도, 복숭아 향을 연상시키는 알데이드 C14Aldéhyde C14를 사용해 큰 성공을 거둔 여성형 시프레 향수 겔랑의 미츠코Mitsouko, 1919 등 한 시대를 풍미한 시프레 향수를 여럿 찾을 수 있다. 오늘날에 와서는 가장 핵심적인 원료인 무스 드 쉔이 알레르기 유발 물질로 규제되어 에베르닐Evernyl 같은 다른 화학 원료들로 교체되는 중이다.

Civette〔씨벳〕: 에티오피아가 본 서식지인 사향고양이의 사향샘에서 얻어낸 아니말 계열 원료이다. 이 또한 동물이 죽어야만 얻을 수 있기에 인위적으로 죽이는 것은 금지되어 있다. 원료 자체로는 매우 무겁고 강하며 인분 냄새가 나지만, 소량으로 사용하였을 때 향수에 따스함과 관능적인 매력을 불어넣는다. 오리엔탈 향수와 잘 어울리며, 겔랑의 향수를 이야기할 때 빼놓을 수 없는 원료 중 하나이다.

Classification olfactive〔끌라씨피까시옹 올팍티브〕: 후각적 정리 체계라는 의미를 갖고 있는 이 단어는 파미 올팍티브Famille Olfactive에 따라 향수를 분류해놓은 정리체계를 말한다. 이러한 분류체계는 시향가들이 자신의 취향에 맞는 향수를 쉽게 찾는 데 도움을 주기 위한 목적으로 만들어졌다. 향을 다루는 회사나 단체들은 각자의 끌라씨피까시옹을 가지고 있는 경우가 많은데 프랑스 내에서는 향 분리체계를 처음으로 도입한 프랑스 조향사협회, SFPSociété Française des Parfumeurs의 방식을 따르는 것이 보편적이다. SFP는 총 7가지 파미 올팍티브인 에스페리데, 플로랄Florale, 푸제르Fougère, 시프레, 앙브레-오리엔탈 Ambrée-Orientale, 뀌르로 나뉘며, 각 파미 올팍티브는 수-파미 Sous-Famille로 세분화된다.

Cléopâtre VII〔클레오파트르 쎗〕: 이집트 프톨레메Ptolémée 왕조의 마지막 파라오이다. 아름다운 외모로 남성들을 홀리고 다녔다는 속설과는 달리 겉모습은 비교적 평범했지만, 외국어에 능통하고 여러 학문에 조예가 깊으며 외교 수완이 뛰어난 총명한 여성이었다고 전해진다. 그녀는 향에도 관심이 많았다. 재스민과 일랑일랑Ylang-Ylnag, 샤프란으로 향을 낸 당나귀의 우유로 목욕을 하여 피부를 관리하였고, 천연 원료에서 에쌍스를 추출하는 기기인 알람빅Alambic을 고안해내기도 했다. 클레오파트르는 향기를 정치적 수단으로 사용하기도 했다. 그녀가 동생인 프톨레메 13세에 의해 정치계에서 추방당했을 때, 정적을 쫓아 이집트로 넘어온 로마의 종신 독재관 세자르Cézar를 이용할 꾀를 내었다. 그녀는 스스로를 큰 융단으로 감싸고 그의 방에 숨어들었는데 세자르는 아무것도 모른 채 융단을 펼쳤고, 그곳에서 뽀얀 피부에 재스민 향이 뿜어져나오는 클레오파트르가 등장하게 된다. 로마 제일의 권력자는 사랑의 향기를 풍기는 여인에게 그 자리에서 반해버렸고, 세자르를 자신의 편으로 만든 클레오파트르는 왕위에 복위할 수 있었다. 그녀가 향을 이용해 부린 묘수는 이것이 전부가 아니었다. 세자르가 암살당하자 이번에는 배신의 죄를 문책하기 위해 마크 앙뚜완Marc Antoine이 이집트를 찾아왔다. 그러나 그녀는 온갖 매혹적인 꽃 향료를 품은 선박으로 그를 마중 나가 유혹하는 데 성공하여 또 한번의 위기를 넘길 수 있었다. 향기는 사람의 마음을 가장 효과적으로 흔들어놓을 수 있는 방법이다. 이것을 무기로 사용했던 클레오파트르의 지혜야말로 그녀가 오늘날 유혹의 여왕으로 이름을 남길 수 있었던 이유가 아닐까.

Concentré〔꽁쌍트레〕: 조향이 끝난 후 아직 제품에 적용하기 전 상태인 향 조합물을 의미한다. 꽁쌍트레는 용도에 맞게 각기 다른 용매에 적용된다. 예를 들어 향수를 목적으로 한다면 합성 알콜에, 디퓨저를 목적으로 한다면 MMBMethoxy Methyl Butanol 같은 용매에 적용하여 제품으로 발전시킬 수 있다.

Concrète〔꽁크렛〕: 재스민이나 로즈, 무스 드 쉔 등의 자연 원료로부터 용매 추출법을 이용해 얻어낸 고체성 물질을 의미한다. 이 물질을 알코올로 세척하면 압솔류를 얻을 수 있다.

Coumarine〔꾸마린〕: 화학 원료를 사용하기 시작한 19세기 말, 영국인 화학자 윌리엄 퍼킨William H. Perkin에 의해 합성되어 만들어진 원료이다. 이 발사믹(기관에 따라 꾸마린 계열로 분류함) 계열 원료는 천연 원료인 페브 통카Fève Tonka나 쥬네Genêt에서 주로 발견된다. 조향계에서는 우비강Houbigant에서 출시된 푸제르 로얄Fougère Royale, 1882에 처음 사용되어 푸제르 향수의 탄생을 알렸다. 그후, 겔랑의 지키에서 이브 생로랑의 라뉘 드 롬La Nuit de l'Homme, 2010까지 수많은 향수의 주원료로 쓰였다. 알레르기 유발 물질로 지정되어 있어 유의해야 한다.

Création[크레아시옹] : 창작물이나 작품을 의미한다. 조향사들은 자기가 만든 향을 크레아시옹이라고 부른다. 조향사는 자신의 향이 어떤 제품에 적용되더라도, 그것을 조화롭게 다듬는 것부터 시향할 사람들에게 전달하고 싶은 메시지를 담는 것까지 상당히 예술적인 노력을 기울인다. 한 번이라도 향수에 감동하여 그것에 매료된 적이 있는 사람이라면, 크레아시옹에는 상품으로서 매겨진 가격을 뛰어넘는 심미적 가치가 담겨 있다는 사실을 알고 있을 것이다.

Cuir〔퀴르〕 : 프랑스어로 가죽을 의미하며 텁텁함을 동반하는 가죽 향, 담배 향, 훈제 향 등이 포함되는 향수 계열이다. 꿀 냄새의 특징이 묻어나는 알데이드 페닐 아세틱Aldéhyde Phenyle Acétique과 바이올렛의 건조하고 파우더리한 느낌을 얹어줄 이오논Ionone류 원료, 마지막으로 담배 연기가 밴 듯한 가죽 향을 뿜어내는 끼놀레인Quinoléine, 그중에서도 IBQ Iso Butyle Quinoléine의 삼박자가 조화롭게 갖춰질 때 아름다운 퀴르 노트가 연주된다. 대부분이 남성 향수에 많이 쓰이지만 역설적이게도 퀴르 계열을 대표하는 향수는 에르네스트 보가 가브리엘 샤넬을 위해 만든 퀴르 드 루씨Cuir de Russie, 1924이다.

D

Dilution〔딜루시옹〕: 원료를 용매에 용해시키는 것, 또는 그것이 용해된 정도를 의미하는 단어이다. 향수는 딜루시옹의 정도에 따라 종류가 나뉘게 된다. 원료를 알코올에 3퍼센트 이하로 용해시킨 제품을 오 프레슈Eau Fraîche, 4~8퍼센트로 용해시킨 제품을 오 드 꼴로뉴, 8~12퍼센트로 용해시킨 제품을 오 드 뚜왈렛Eau de Toilette, 12~20퍼센트로 용해시킨 제품을 오 드 파팡Eau de Parfum, 20퍼센트 이상으로 용해시킨 제품을 파팡Parfum이라고 부르며 그중에서도 원료의 비중이 40퍼센트 가까이 되는 제품을 엑스트레Extrait라고 칭한다.

Distillation〔디스틸라시옹〕: 증류기에 원료를 넣고 열을 가하면 휘발성이 높은 향 성분들이 기화되어 분리되는데 그것을 다시 액화시켜 향 농축액을 추출하는 기술이다. 가장 전통적인 방법으로 10세기경부터 사용되던 증기증류추출법인 '디스틸라시옹 아 라 바푀르 도Distillation à la Vapeur d'Eau'가 있다. 기술이 발달되면서 압력과 끓는점을 조절할 수 있게 되자 진공상태에서 원료를 고온에 짧게 노출시켜 민감한 향 성분의 변질을 방지하고 색깔을 내거나 알레르기를 일으키는 성분을 제거하는 디스틸라시옹 몰레퀼레르Distillation Moléculaire, 추출하고자 하는 향 성분들의 기화점에 차이가 있을 때 세밀한 분리를 유도하여 다수의 추출물을 얻어내는 디스틸라시옹 프락시오네Distillation Fractionnée 등의 신기술이 개발되었다.

Dior(디오르) : 1946년 디자이너 크리스티앙 디오르Christian Dior가 마르셀 부싹Marcel Boussac의 재정적 지원을 받아 문을 연 양장점을 모태로 하는 기업이다. 디오르는 첫 컬렉션에서 선보인 뉴 룩New look으로 패션계의 주목을 받았고 매번 센세이션을 불러일으키는 디자인을 선보이며 프랑스를 넘어 전 세계를 뒤흔드는 인물이 되었다. 양장점을 개장하고 1년 후 디오르는 첫번째 향수인 미스 디오르Dior Miss를 출시하면서 향수 사업에도 진출했다. 디오라마Diorama를 시작으로 현대 조향계의 아버지라 불리는 에드몽 루드니츠카Edmond Roudnitska의 코를 거친 향수가 디오르의 이름 아래 여럿 탄생했다. 그중에서도 오 프레슈와 디오리시모, 오 소바쥬Eau Sauvage, 1966가 단연 유명하다. 루드니츠카가 떠난 후에도 뿌아종Poison, 파렌하이트 Fahrenheit 등 디오르 향수의 성공은 계속되었다. 2006년부터는 프랑수와 드마시François Demachy가 회사의 전속 조향사 자리를 담당하고 있다. 1960년대부터 회사가 어렵게 돌아가자 향수 사업부를 모에&샹동Moët&Chandon 기업에 매각하였는데, 1987년에 모에&샹동 기업은 루이 비통Louis Vuitton 기업과의 합병으로 LVMH엘베엠아슈가 되었고, 몇 년 후 모기업 디오르가 LVMH의 최대 지주가 되어 현재의 복잡한 경영 구조가 형성되었다.

Diorissimo〔디오리시모〕: 에드몽 루드니츠카는 세계대전 이후 조향계에 유행한 달콤하고 설탕에 절인 듯이 진하게 풍기는 과일 향에 진절머리가 나 있었다. 그는 좀더 순수하고 자연을 닮은 향을 창조해내기 위해 몇 년 동안 순수함을 대표하는 꽃 뮤게Muguet 향에 몰두하였다. 루드니츠카는 어느 저녁식사 자리에서 디오르에게 완성된 아꼬르를 하나 건넸다. 디오르는 향을 맡아보자마자 이것이 자신의 다음 향수가 될 것이라고 확신했다. 은방울꽃은 그가 가장 애착을 갖는 꽃이었기 때문이다. 이렇게 두 사람의 취향이 맞아 떨어져 탄생한 향수가 바로 디오리시모이다. 상큼한 과일과 풀 잎사귀의 향이 느껴지는 톱 노트를 지나 일랑일랑의 밝은 향취와 함께 나타나는 재스민과 로즈Rose. 모든 부분이 서로 조화롭게 어우러져 5월의 첫째 날 새벽 이슬 맺힌 은방울꽃을 떠올리게 한다. 뮤게는 생산성이 낮아 천연 원료에서 향을 추출하여 사용하지 않는다. 이러한 이유로 루드니츠카는 자연에 가장 가까운 향수를 만들 때 합성 원료를 사용해야만 했다. 그러나 그의 향은 거대한 성공을 거뒀다. 사람들은 상쾌하고 깨끗한 향기에 열광했다. 크리스티앙 디오르 또한 이 향수에 정성을 다했다. 그는 디오리시모가 완전한 예술작품이 되길 바랐기에 향수병을 직접 디자인해 유명한 유리세공사 바까라Baccarat에게 맡겼고, 꽃 모양의 도금된 부숑을 사용하였다. 1956년 디오리시모가 출시되었고, 그다음 해인 1957년 디오르는 세상을 떠났다. 그러나 그의 유작은 아직까지 세상에서 가장 아름다운 향수로 남아 순수함을 찾는 시향가들의 마음을 비추고 있다.

Dominique Ropion〔도미니끄 로피옹〕: 뛰어난 조향 실력과 예술성을 겸비한 현시대 최고의 조향사 중 한 명이다. 그는 어머니와 할어버지가 모두 루르Roure에서 일하는 조향사 집안에서 태어났다. 어린 시절 바캉스 기간이 오면 루르의 조향 연구실은 그의 여름 놀이터가 되었다. 자연스레 루르조향학교에 입학한 도미니끄 로피옹은 자끄 폴쥬와 장 루이 시오작Jean Louis Sieuzac과 같은 유명 조향사 곁에서 향을 배워나갔다. 그는 2000년 IFF이에프에프로 이직하면서 한 세대를 빛낼 다작 조향사의 탄생을 예고했다. 그가 현재까지 세상에 내놓은 작품만 150여 가지이다. 조향사로 데뷔한 1980년대 후반부터 연간 5개의 향수를 만들어온 것이다. 조향 장인이라는 타이틀이 부담스럽지 않을 몇 안 되는 인물이다. 그러나 그의 향수들은 기계로 찍어내는 상품이 아니라 철학과 예술이 담겨 있는 작품이다. 원론적인 이야기이지만, 그는 조향을 과학적으로 세분화하여 연구하는 것에 가장 큰 노력을 기울인다고 한다. 향수의 가장 기본 단위인 원료, 특히 천연 원료가 평소에 몸에 배어나올 정도로 완벽하게 익히고 다룰 줄 아는 것이 그의 조향 비법이다. 또 향수의 두번째 단위인 아꼬르를 깊이 이해하고 그들 간의 연결고리를 섬세하게 조율할 줄 안다. 그렇기 때문에 그의 향수들은 각 원료, 각 아꼬르 간의 완벽한 조화를 자랑한다. 도미니끄 로피옹이 최고의 조향사인 또하나의 이유는 랩 온 파이어Lab on Fire나 프레데릭 말Frédéric Malle 같은 파팡 드 니슈Parfum de Niche 시장과 대중적인 매스 퍼퓸 시장을 어우르는 작품 행적을 남겨왔음에도 실패한 작품을 골라보자 하면 찾기가 힘들다는 점이다. 향수라는 작품은 과학적 기술과 예술적인 감각, 거기에 마케팅적 요소까지 가미된 복합적인 오브제이다. 그 모든 부분에서 뛰어난 능력을 가진 조향사 도미니끄 로피옹은 오늘날 엘레브 파퓨뫼르Élève-Parfumeur들의 진정한 롤모델이다.

Dosage〔도자쥬〕: 도자쥬는 아꼬르에 사용된 원료의 양을 의미한다. 알맞은 도자쥬가 바탕이 되어야만 사용된 원료들이 서로 조화를 이루어 최상의 아꼬르를 탄생시킬 수 있다. 그러나 과도한 도자쥬를 뜻하는 슈르-도자쥬Sur-Dosage가 생각지도 못한 예술품을 빚어내는 경우 역시 존재한다. 가끔은 창의적인 시

도만이 가져다줄 수 있는 보다 아름다운 균형을 찾기 위해 노

력해보자.

E

Eau de Cologne〔오 드 꼴로뉴〕: 이탈리아 출신의 조향사 장 마리 파리나가 1709년 독일 쾰른에서 선보인 역사적인 향수이다. 장 폴 파리나Jean Paul Farina는 오 드 옹그리Eau de Hongrie와 오 드 라 렌Eau de la Reine을 기초로 하여 당시 유행하던 머스크와 부아 드 상탈, 까넬Cannelle 등을 가미해 오 아드미라블Eau Admirable을 탄생시켰다. 그러나 향수가 독일 내에서보다 이웃 나라 프랑스에서 더 큰 인기를 끌며 오 드 꼴로뉴라는 별칭으로 불리자, 그의 조카 장 마리 파리나는 그 이름을 공식적으로 채택하여 향수를 재출시하였다. 프랑스의 황제도 오 드 꼴로뉴를 애용했는데 특히 나폴레옹 1세가 광적으로 사랑한 향수였다고 한다. 오 드 꼴로뉴는 오렌지와 레몬, 베르가모뜨 같은 에스페리데 계열 원료와 로즈마리와 라벤더 등의 아로마틱 계열 원료, 그리고 쁘띠 그랑Petit Grain과 네롤리Néroli로 대표되는 플뢰르 도랑제Fleur d'Oranger 계열 원료의 조화가 두드러지는 것이 특징이다. 탄생 이후 수많은 모조품이 출시되었지만, 쾰른에서 파리나의 가족에 의해 운영되어온 박물관을 방문하거나 장 마리 파리나가 사용했던 처방전을 바탕으로 만들어졌다는 로제&갈레Roget&Gallet의 오 드 꼴로뉴 오리지날Eau de Colonge Originale을 시향해본다면 진짜 오 드 꼴로뉴의 향기를 그려볼 수 있을 것이다.

Eau de Hongrie〔오 드 옹그리〕 : 오 드 라 렌 드 옹그리Eau de la Reine de Hongrie라고도 불리며 1370년 헝가리의 왕비 엘리자벳 드 폴로뉴Elisabeth de Pologne에게 헌정된 향수이다. 오 드 옹그리에 얽힌 재미난 전설이 하나 있다. 왕비는 이 향수를 몸에 바르는 것으로 피부 관리를 하였는데 그 눈부신 효과 덕분이었는지 일흔두 살의 나이에도 청혼을 받았다고 한다. 그것도 폴란드의 왕자에게. 물론 이 전설은 그저 와전된 이야기에 불과하지만 그녀의 향수가 젊음을 잃지 않게 해줄 만큼 아름다웠다는 사실에는 변함이 없다. 오 드 옹그리에는 와인에서 추출한 알콜인 에스프리 뒤 방Esprit du Vin으로 숙성된 로즈마리Romarin가 사용되었는데, 이 때문에 알콜이 사용된 최초의 향수라는 주장도 있다. 이 향수는 600여 년이 지난 오늘날까지도 오 드 꼴로뉴 안에 자신의 자취를 남기며 우리의 코를 유혹하고 있다.

Eau Fraîche〔오 프레슈〕: 1955년 에드몽 루드니츠카에 의해 탄생한 디오르의 향수이다. 오 프레슈는 그 시대의 향수가 가지고 있던 진부함을 깨부수겠다는 아이디어에서 시작되었다. 이러한 도전을 위해 루드니츠카가 선택한 것은 오 드 꼴로뉴와 시프르. 그는 에스페리데 계열 원료들이 주는 꼴로뉴의 상쾌함과 무스 드 쉔과 파출리, 앙브레 계열 원료로 대표되는 시프레 계열 향수의 특징을 절묘하게 이어놓으며 세상에 없던 향수를 창조해냈다. 1966년 오 프레슈의 남성 버전이자 디오르 최초의 남성 향수인 오 소바쥬 또한 루드니츠카의 코를 거쳐 완성되었는데, 여기에는 현재 조향계에서 가장 많이 쓰이는 원료 중 하나인 바이올렛 향의 메틸 이오논 감마Methyl Ionone Gamma와 재스민 향의 에디온Hedione이 실험적으로 사용되었다. 출시 당시 너무 여성스럽다며 남성들에게 큰 반응을 얻지 못하였던 오 프레슈는 50년이 흐른 지금 프랑스에 가장 많이 팔린 남성 향수가 되었다.

École Supérieure du Parfum〔에꼴 슈페리오르 뒤 파팡〕: 프랑스

파리 15구에 위치한 향수대학교이다. 약자로 ESP으에스뻬라고 불리는 이 독특한 학교는 조향뿐 아니라 마케팅, 원료 추출 등 향수에 관련된 모든 부분을 심도 있게 교육하여 향수 전문가를 육성하기 위한 노력을 기울이고 있다. 총 5년 과정으로 3학년 이 끝나면 EABHESEuropean Accreditation Board of Higher Education Schools〔유럽고등교육기관인증원〕에서 조향계 응용화학 분야의 학사 학위를, 5년 과정을 모두 끝마치면 EABHES의 석사 학위 와 학교 자체 학위를 수여한다. 2011년 첫 학생들을 맞이한 신생 학교이지만, 이집카에 몸담았던 교수들과 업계 전문가들이 교수진을 이루고 있으며 학사과정부터 5년이라는 오랜 시간 동안 체계적인 과정을 제공하는, 세계에서 유일무이한 향수학 교이다. 이 점은 분명 향수를 공부하고 싶은 학생들에게 상당한 매력으로 작용할 것이다.

Edmond Roudnitska〔에드몽 루드니츠카〕 : 현대 조향계를 대표하는 가장 위대한 조향사 중 한 명이다. 그는 1905년 프랑스 니스에서 태어나, 스물두 살이 되던 해 그라스의 향분석연구실에서 일하기 시작하며 원료들을 익혀나갔다. 에드몽 루드니츠카의 첫 작품은 1943년 로샤스Rochas에서 출시한 팜므Femme. 그후 에르메스Hermès나 엘리자베스 아덴Elizabeth Arden 등 여러 브랜드와 함께 작업했지만, 그가 이 자리에 오를 수 있었던 것은 디오르에서 빚어낸 역사적인 작품들 덕분이다. 디오라마를 비롯해 디오리시모와 디오렐라Diorella 등 여러 걸작을 거치면서 에드몽 루드니츠카와 디오르 향수의 명성은 함께 높아져갔다. 그는 스스로를 파퓨뫼르–꽁포지뙤르Parfumeur-Compositeur, 즉 향 작곡가라 칭했으며 천연 원료와 합성 원료를 적재적소에 사용하는 향의 마술사였다.

Élève-Parfumeur〔엘레브 파퓨뫼르〕: 조향사를 목표로 향수를 공부하는 학생을 칭하는 단어이다. 안타깝게도 현시대의 엘레브 파퓨뫼르들이 조향사가 되기 위해서 거쳐야 할 관문들은 과거에 비해 점점 늘어나고 있다. 연구해야 할 과학 학문의 수준이 상당히 높아졌으며, 시시각각 바뀌는 원료 규제 또한 항시 염두하고 있어야 한다. 그러나 여전히 그들에게 가장 중요한 것

은 '일상 훈련'이다. 조향사에게 있어 가장 필요로 하는 기본기는 역시 '후각 기억력'이기 때문이다. 엘레브 파퓨뫼르는 익숙하지 않은 향을 자신의 것으로 만들기 위해, 또 자신의 것으로 만든 향을 잊지 않기 위해 향을 맡고 기억하는 훈련을 게을리해서는 안 된다.

Encens〔앙쌍〕: 중동 지방과 아프리카에 서식하는 보스웰리아 나무에서 추출한 진액을 칭한다. 고대 이집트인들은 신과 교감하기 위해 키피Kyphi라는 향 조합물을 태워 제사 의식을 치렀는데, 앙쌍이 가장 핵심적인 원료로 사용되었다. 향적으로는 시원한 에피쎄Épicée 계열 원료 같으면서도 따뜻한 부아제 계열 원료의 특징 또한 품고 있다. 앙쌍이 쓰인 인상적인 향수로는 라르티장 파퓨뫼르L'Artisan Parfumeur의 파사쥬 덩페르Passage d'Enfer가 있다.

Enfleurage〔앙플뢰라쥬〕: 지방이 오일을 흡수하는 원리를 이용한 향 추출법이다. 과거 그라스 지방을 중심으로 재스민처럼 열에 약한 꽃에서 향료를 추출하는 데 많이 사용되었다. 추출과정은 다음과 같다. 우선 나무틀에 동물성 지방을 채워넣고 그 위에 원료를 올려놓는다. 그후 3개월간 오일이 흡수된 원료를 새것으로 갈아넣는 작업을 반복한다. 향을 최대한으로 빨아들인 지방의 무게는 본래의 것보다 4배 가까이 늘어난다고 한다. 마지막으로 오일을 분리해내는 작업이 남았다. 이렇게 얻어낸 지방을 알코올과 함께 천천히 끓여내면 향 물질들이 알코올과 함께 추출되어 나온다. 고대 이집트에서부터 사용되던 이 전통적인 추출법은 노동력이 많이 필요하다는 이유로 1930년대부터 점차 사용이 줄어들었다. 현재에 와서는 다른 추출법으로 대체되어 거의 사용되지 않고 있지만 로베르테Robertet와 같은 프랑스 기업에서는 고품질의 향료를 얻기 위해 앙플뢰라쥬를 고집하고 있다.

Épicée〔에피쎄〕: 향신료를 뜻하는 프랑스어 에피스Épice에서 파생된 단어이다. 후추처럼 코를 가볍게 찌르거나 정향과 같이 구수한 느낌을 주는 원료를 묘사하는 형용사이며 향 계열로 사

용되기도 한다. 향신료를 많이 사용하는 한국 요리의 특성상 에피쎄 계열 원료들은 우리에게 다소 익숙하게 느껴질 수도 있다. 그러나 커민Cumin이나 끌루 드 지로플Clou de Girofle은 아랍계 음식에 주로 사용되며 향취가 매우 강하기 때문에 되려 얼굴을 찌푸릴 수도 있다. 미들 노트에 등장하여 그 너머까지 지속되며, 독특함이나 입체감을 살려주어 시향가의 흥미를 돋우어주는 역할을 한다. 에피쎄 계열 향의 진가를 알아보고 싶은 시향가들에게는 까르띠에Cartier의 데끌라라시옹Declaration을 강력하게 추천한다.

Ernest Beaux〔에르네스트 보〕: 합성 원료를 다루기 시작한 1세대 조향사들 중 한 명이며, 샤넬의 N° 5를 탄생시킨 조향계의 거장이다. 에르네스트 보는 1898년 그의 큰형이 경영하는 랄레Rallet에서 일하며 조향계에 입문하였다. 그러던 1920년, 그의 커리어는 당시 유명한 디자이너였던 가브리엘 샤넬과의 만남으로 큰 전환점을 맞이한다. 그는 랄레에서 자신이 다루던 합성 원료 알데이드를 적용한 N° 5와 N° 22, 1922를 세상에 내놓았고, 이 인공의 원료가 건네는 매혹적인 손길에 대중들은 폭발적인 인기로 답했다. 샤넬의 전속 조향사가 된 에르네스트 보는 퀴르 드 루씨와 같이 시대를 뛰어넘는 작품들을 계속해서 만들어내며 성공을 이어갔다.

Essence〔에쌍스〕 : 본래의 명칭은 윌 에쌍시엘으로 '향 엑기스로 이루어진 기름'을 의미한다. 톰 티크베어Tom Tykwer 감독의 영화 〈향수〉에서는 꽃의 에쌍스를 '꽃의 영혼'이라 칭했다. 그만큼 에쌍스에는 원료가 지닌 향 물질들이 고스란히 응축되어 있다. 일반적으로 식물성 원료를 증류추출하여 얻을 수 있으며 원료의 종류에 따라 가격이 천차만별이다.

Extraction au Solvant〔엑스트락시옹 오 솔방〕 : 용매 안에 원료를 넣고 향 물질만을 분리시켜 최종적으로 압솔류를 얻어내는 기술이다. 이 추출법의 가장 첫번째 단계는 원료를 휘발성 유기 용매에 넣어 향 성분을 녹여내는 것이다. 향 물질이 전부 추출되면 용매를 증발시켜 원료에 따라 꽁크렛이나 레지노이드를 얻을 수 있다. 그후 불필요한 밀랍 성분을 제거하고 액체 상태의 향료를 얻기 위해 세척과 여과 과정을 반복한 후, 세척에 사용된 알콜을 저압증류법을 통해 제거하면 마침내 농축된 압솔류를 뽑아낼 수 있다. 자연 원료를 용매추출법을 통해 추출하는 이유는 크게 3가지로 나뉜다. 재스민이나 튜베로즈같이 연약한 원료들은 높은 열을 견뎌야 하는 증류법으로는 그들의 향 성분을 온전히 추출하지 못하기 때문에 용매추출법을 사용한다. 반대로 무스 드 쉔의 주요 성분들은 증류법으로 분리되지 않을 만큼 무겁기 때문에 용매추출법을 사용해야만 향의 특징을 살린 원료를 얻을 수 있다. 또, 플뢰르 도랑제나 로즈 같은 원료는 윌 에쌍시엘로 사용될 수도 있지만, 용매추출법을 사용할 경우 증류법으로는 얻어지지 않는 성분들이 포함된 압솔류가 되어 완전히 새로운 향료로 거듭나기도 한다. 최근에는 용해력이 높고 재활용이 가능한 초임계 상태의 CO_2를 사용하며 오염물질의 배출이 적은 신기술, 엑스트락시옹 오 쎄오두 Extraction au CO2가 상용화되어 원료의 품질이 향상되어가는 추세이다.

Expression à Froid[엑스프레시옹 아 프로아] : 낮은 온도에서 원료를 압착시켜 에쌍스를 추출하는 기술이다. 대상 원료는 주로 레몬이나 오렌지 같은 감귤류의 과일이다. 수많은 바늘이 박힌 금속 용기 안에 원료의 껍질을 넣고 낮은 온도에서 압착시키면 향 성분과 껍질 찌꺼기가 섞인 용액이 추출된다. 이 용액에서 찌꺼기와 친수성 부분을 제거하면 온전한 에쌍스를 얻을 수 있다.

F

Famille Olfactive〔파미 올팍티브〕: 향 계열 또는 후각 계열을 의미한다. 향 계열은 원료가 가진 향의 특징에 따라 원료에 부여된다. 원료의 향 계열을 숙지하는 것은 엘레브 파퓨뫼르가 원료 훈련을 시작할 때 거치는 필수적인 과정이다. 어떤 원료의 향 계열을 알고 있다는 것은 이미 그 원료의 가장 대표적인 특징을 파악하고 있다는 의미이기 때문이다. 원료 훈련을 할 때 향 계열을 찾아보고 그 향을 떠올리게 해주는 몇 가지 형용사를 정리해놓으면 효과적으로 후각 기억력을 발달시킬 수 있다.

Firmenich〔피르마니쉬〕: 스위스 제네바에 연고를 둔 국제적인 향료기업이다. 1895년 화학자 필리프 쉬Philippe Chuit에 의해 설립될 당시에는 피르마니쉬가 아닌 쉬 에 나에Chuit&Naef라는 이름을 사용하였다. 그러나 필리프 쉬가 테레즈 피르마니쉬 Thérèse Firmenich와 결혼 후 그녀의 가족이 경영에 참여하면서 회사명을 피르마니쉬로 바꾸게 된다. 4대에 걸친 가족 경영 방식을 고수하고 있으며 현재는 지보당Givaudan에 이어 세계에서 두번째로 많은 수입을 벌어들이는 거대한 향료회사가 되었다. 식품 향료 부문에서 두각을 나타내고 있으며 새로운 향 분자 합성 및 향수, 화장품 향 개발에서도 시장을 선도하고 있다.

Fixateur〔픽사뙤르〕 : 향의 전체적인 지속력을 높여줄 수 있는 자연, 합성 원료나 바즈를 의미한다. 이런 원료는 앙브레나 뮤스께, 뀌르, 아니말 계열의 비교적 무거운 향 분자를 포함하고 있다. 향이 피부에서 지속되는 시간을 늘려주고 샴푸나 섬유유연제 같은 제품의 잔향성을 향상시키는 데 중요한 역할을 한다.

Flacon〔플라꽁〕 : 향수가 담기는 병을 의미한다. 플라꽁의 가장 중요한 역할은 내용물을 변질시키지 않고 가능한 한 오랫동안 보관하는 것이다. 그렇기 때문에 반응성이 적은 유리나 알루미늄 등이 재료로 사용된다. 또 플라꽁의 겉모습은 마케팅의 방향에 따라 결정되기도 한다. 일반 향수 판매점에서 유통되는 향수들은 상시 대중과 맞닿아 있기 때문에 그들의 시선을 사로잡을 만한 독특한 디자인으로 출시되는 경우가 많다. 사람의 흉상을 본 딴 장 폴 고띠에Jean Paul Gaultier의 르 말Le Mâle, 1995과

끌라시끄Classique, 1993, 푸른 별을 형상화한 티에리 뮈글러의 엔젤Angel, 1992이 좋은 예라 할 수 있다. 반면 브랜드가 표방하는 컨셉이나 향의 방향으로 고객층을 형성하는 니치 향수는 오히려 꾸밈없는 심플한 디자인을 추구하는 편이다.

Fleur Blanche〔플뢰르 블랑슈〕: 흰색 꽃잎을 가진 꽃을 의미하며 그들의 향 계열이기도 하다. 물론 각자 특색 있는 향을 품고 있지만 전반적으로 망고나 코코넛 같은 열대과일 향이 은은하게 맴돌며 깊은 부분에서 아니말한 향취가 느껴진다는 공통점이 있다. 가장 잘 알려져 있는 꽃 계열 중 하나인 만큼 수없이 많은 향수에 적용되어져왔다. 대표적인 원료로는 재스민, 뮤게, 일랑일랑, 릴라Lilas, 튜베로즈 등이 있다.

Fleur d'Oranger〔플뢰르 도랑제〕: 비터 오렌지 나무의 꽃을 의미하며 오렌지꽃의 향 특성을 공유하는 원료의 향 계열로 사용된다. 꿀같이 달콤한 향취를 풍기며 녹색 풀잎이 건네는 싱그러운 느낌을 받을 수 있다. 대표적인 원료로는 오렌지 나무의 꽃에서 증류법으로 추출한 네롤리와, 잎과 가지에서 추출한 쁘띠 그랑, 또 그들에 함유된 안트라닐랏 드 메틸Anthranilate de Methyle이 있다.

Floral〔플로랄〕: 머릿속에 한 송이의 꽃을 그려보자. 자연스럽게 그 꽃이 주는 향기가 머릿속에 퍼질 것이다. 플로랄은 우리가 방금 느낀 그 향기, '꽃'스러움이 묻어나는 원료를 묘사하는 형용사이며 가장 대표적인 향 계열 중 하나다. 꽃의 향기는 이미 기본적인 향수의 구조를 갖추고 있으며, 그 자체로 아름답고 매혹적이다. 그렇기에 이 자연이 만든 향수는 인간이 향을 다루기 시작한 순간부터 방대하게 사용되었다. 플로랄 중에서도 특정한 꽃의 성격이 뚜렷하게 나타나는 원료에는 세분화한 향 계열을 부여하기도 한다. 그 예로 흰색 꽃잎을 가진 꽃 원료들의 플뢰르 블랑슈, 오렌지꽃 느낌을 주는 플뢰르 도랑제, 장미 향이 떠오르는 플로랄 로제Florale Rosée, 여러 꽃이 어우러진 부케 플로랄Bouquet Floral 등이 있다.

Florale Rosée〔플로랄 로제〕: 장미나 그와 비슷한 느낌을 주는 원료들을 묘사하는 형용사이며 그들의 향 계열이다. 이 계열의 원료는 리치Litchi를 까놓았을 때 풍기는 상큼한 과일 향과 금속성 물질의 날카로운 느낌 등으로 특징지어진다. 대표적인 원료로는 로즈와 제라놀Géraniol, 페녹사놀Phenoxanol 등이 있다.

Florence〔플로랑스〕: 피렌체라고도 불리는 이탈리아 토스카나 주에 위치한 예술과 문화의 도시이다. 중세시대는 인류가 향수를 멀리했던 역사상 흔치 않은 시기였다. 종교는 향수의 사용을 철저히 규제했으며 그것을 사용하는 사람들에게 '현혹의 악마'라는 오명을 씌워 핍박을 가하였다. 약 천년 동안 이어진 어둠의 시대가 막을 내리고 르네상스의 싹이 돋아났다. 이 아름다운 부활을 이뤄낸 도시가 바로 플로랑스였다. 사람들은 향의 아름다움을 다시금 깨닫고 일상생활의 모든 부분을 향기로 물들였다. 외출할 때 옷에 향기를 내는 것을 잊지 않았으며 몸을 씻을 때는 향기 낸 물을 사용하였다. 그러나 상당히 역설적이게도 이러한 플로랑스의 되살아난 향 문화를 이끈 것 또한 종

교였다. 1221년 생 도미니끄Saint Dominique의 수도사들은 약
용 식물들을 연구하는 약국을 세우고 오피시나Officina라 명명
하였다. 그들은 향기에 나쁜 병균이나 악귀 따위를 막아주는 효
능이 있다고 믿었기에 약국은 자연스럽게 향이 나는 식물을 연
구하였다. 그들의 제품은 이탈리아를 넘어 전 유럽으로 퍼져나
가며 인기를 끌었다. 오피시나는 오늘날 산타 마리아 노벨라
Santa Maria Novella의 이름 아래 그들이 몇 세기에 걸쳐 축적한
지식과 기술을 이어오고 있다.

Fougère[푸제르] : 1882년 출시된 우비강의 푸제르 로얄에서
유래된 대표적인 향수 계열 중 하나다. 클래식한 푸제르 계열
향수는 라방드로 시작된 향이 제라늄Géranium을 거쳐 꾸마린
으로 끝나는 구조를 지닌다. 그러나 현대에 와서는 부아제 노
트가 강조되어 특징을 잃어가고 있는 추세이다. 역사적으로 남
성 향수를 대표한 향수 계열이며 인상적인 향수로는 파코 라반
뿌르 옴므Paco Rabanne pour Homme, 1973와 드라카 누아르Drakkar
Noir, 1982 등이 있다.

France〔프랑스〕: 지나가는 행인을 붙잡고 향수를 논할 때 가장 먼저 떠오르는 나라가 어디인가 하고 묻는다면 프랑스라 대답하지 않는 이가 과연 몇이나 될까. 프랑스는 전 세계 향수 매출의 약 10퍼센트를 담당하고 있으며 매년 수십 수백 가지의 향수들이 새로 출시되는 향수의 제국이다. 그러나 17세기 전까지만 하더라도 향수의 중심지는 프랑스가 아닌 이탈리아였다. 이웃나라에서 불어오는 향기로운 문화는 몇 세기에 걸쳐 프랑스를 흔들어놓았다. 이 기류에 가장 먼저 합류한 건 프랑스 남부의 대학 도시인 몽펠리에Montpellier였다. 그곳의 약학대학은 향이 나는 식물을 연구하였고 그것을 바탕으로 하는 향수산업은 자연스럽게 발달하였다. 프랑스의 향기가 본격적으로 주목받기 시작한 것은 향수의 도시 그라스가 번영하면서부터이다. 가죽에 향을 내는 것에서 출발한 그라스의 향수산업은 프로방스 지방에서 천혜의 자연환경 덕분에 우수한 품질로 생산되는 천연 원료를 등에 업고 점점 규모를 늘려갔다. 19세기가 되자 파리를 거점으로 겔랑 같은 유수의 향수 브랜드들이 문을 열며 '향수는 프랑스'라는 공식이 굳어지기 시작했다. 하지만 이 나라가 아직까지 왕좌를 지키고 있을 수 있었던 가장 큰 이유는 또다른 은인들이 있었기 때문이다. 20세기 초 향수 시장의 주인공으로 떠오른 것은 다름아닌 디자이너들이었다. 크리스티앙 디오르와 샤넬 등 유명 패션 브랜드들의 참여로 프랑스 향수 시장은 그야말로 정점을 찍게 된다. 오늘날에 와서는 향수 시장의 국제화로 인해 프랑스에만 쏠려 있던 시선이 다소 분산되는 분위기다. 하지만 프랑스의 향수들은 여전히 세계 시장에서 가장 큰 영향력을 행사하고 있으며, 자국 내에서는 개성 있는 니치 향수 브랜드들이 독특한 컨셉으로 유행을 선도하고 있다.

Francis Kurkdjian〔프랑시스 커정〕: 프랑스가 낳은 천재 조향사이다. 그는 열다섯 살이 되던 해 마음속에 품고 있었던 예술가 정신을 좇아 조향사가 되기로 결심한다. 그러나 어린 커정은 조향에 대해 아는 것이 전무했다. 전문적으로 조향을 배워야 할 필요성을 느낀 젊은 예술가는 몇 년 후 이집카로 향한다. 그는 이집카에서 조향적 지식과 기술을 배운 뒤 파리의 마케팅 학교로 진학하여 더 큰 미래를 그려나간다. 커정의 첫 향수는 그가 학업을 마친 1993년 디자이너 장 폴 고띠에와의 만남으로 탄생하게 된다. 머스크와 라벤더를 중심으로 비누처럼 부드러우면서도 육감적인 향을 뿜어내는 장 폴 고띠에의 첫번째 남성 향수 르 말은 커정이 어린 시절 자주 가던 이발소의 기억에서 영감을 받아 만들어진다. 아쉽게도 선원들의 땀냄새와 바다 내음의 이미지를 내세웠던 이 향수는 남자들이 사용하기에 너무 여성스럽다는 평가를 받으며 시장에서 큰 주목을 끌지 못한다. 그러나 출시 당시 소수의 동성애자들에게만 인기가 있었던 르 말은 오늘날 남자들은 물론 여자들에게도 사랑을 받는 향수가 되었다. 시대를 앞서간 그의 천재성을 엿볼 수 있는 부분이다. 커정은 국제향료기업 퀘스트Quest에서의 첫 작품 이후 타카사고Takasago를 거치며 꾸준한 조향 활동을 이어오다 2009년 자신의 브랜드를 론칭한다. 메종 프랑시스 커정Maison Francis Kurkdjian은 그의 일부분을 향으로 표현한 작품들을 매년 선보이고 있다. 커정은 2017년 그의 브랜드를 LVMH에 매각하면서 다방면으로 지원을 받을 수 있는 발판을 마련했다. 앞으로

더욱 넓은 작품 세계를 보여줄 조향사 프랑시스 커정의 행보에
존경 어린 기대를 더한다.

François Coty〔프랑수와 꼬띠〕: 향수를 대중산업으로 발전시켜
현대 조향계의 아버지라고 일컬어지는 위대한 조향사이다. 꼬
띠가 등장하기 전인 20세기 초까지 향수는 소수의 전유물로 남
아 있었다. 반대로 말해 일반 사람들에게 향수는 아직 낯선 부
르주아의 문화였던 것이다. 대중에게 무언가를 보급시키기 위
한 방법에는 크게 2가지가 있다. 우선 가격이 저렴하여 구매하
는 데 부담이 적어야 한다. 그리고 그것을 일상생활에서 쉽게
마주할 수 있어야 한다. 꼬띠는 값비싼 천연 원료들을 합성 원
료로 대체하면서 향수의 단가를 낮췄고, 개인 매장에서만 향수
를 판매하던 당시 조향사들과는 달리 그의 제품을 전세계 백화
점에 납품하기 시작했다. 그렇게 뉴욕, 런던, 모스크바 등 세계
주요 도시의 백화점에서 팔리기 시작한 꼬띠의 작품은 곧 세계
에서 가장 많이 팔린 향수가 되었다. 꼬띠의 업적은 향수의 대
중화에서 끝나지 않는다. 그는 대단한 전략가이기 전에 창조적

인 예술가이자 조향사였다. 꼬띠의 아름다운 향수들 중 단 하나라도 시향해본다면 그가 이룬 세계적인 성공이 오직 판매 전략 때문만은 아니란 것을 금방 알아챌 수 있을 것이다. 그중에서도 후대 조향사들에게 영감의 원천이 된 랑브레 앙띠끄 l'Ambré Antique, 1908와 시프레 Chyprée, 1917는 오늘날 향수 계열의 시조가 되어 이름을 빛내고 있다.

Fruité〔프뤼떼〕: 과일 냄새가 나는 원료들을 묘사하는 형용사이며 그들의 향 계열이다. 과일도 종류에 따라 냄새가 크게 다르기 때문에 보통 어떤 과일의 냄새인지 특정하여 형용하는 경우가 많다. 과일 향의 아꼬르를 만들 때는 자연 원료에서 직접 추출하기보다는 프뤼떼 계열의 합성 원료를 사용하는 경우가 대부분이다. 이 계열의 원료들은 식품 향에 많이 사용되며, 향수에서는 플로랄이나 시프레 계열 향수에 덧붙여져 포인트를 주는 역할을 맡는다.

G

Galaxolide〔갈락솔리드〕 : 폴리시클릭Polycyclique 계의 합성 머스크 원료이다. 1965년 국제향료기업인 IFF에서 처음 합성된 이후 상품명인 갈락솔리드로 통용되고 있다. 향은 부드럽고 둥그스름하며 오디 열매의 향을 연상시킨다. 현재 가장 많이 사용되는 머스크 원료이지만, 폴리시클릭 계 물질의 특성상 자연 분해가 어려워 환경오염의 위험성이 제기되고 있다. 소피아 그로스만Sophia Grojsman의 향수에서 이조 으 슈페르Iso E Super와 자주 등장하는데 특히 트레조Trésor, 1990와 파리Paris, 1983의 잔향에 머스크의 부드러움을 더해주는 갈락솔리드가 상당히 인상적이다.

Givaudin〔지보당〕 : 스위스에 연고를 둔 세계 제1의 국제향료기업이다. 지보당은 1895년 자비에 지보당Xavier Givaudan에 의해 스위스 취리히에 설립되었다. 그는 곧 본부를 제네바로 이전하고, 위성도시인 베르니에에 공장을 건설했다. 이 작은 향료회사가 몸집을 키우기 시작한 것은 1963년 제약회사 호프만 라 로슈Hoffmann-La Roche에 매각된 이후부터이다. 지보당은 유명한 조향학교를 운영하던 루르를 시작으로 여러 회사와의 합병을 통해 세계적인 향료회사로 도약하게 된다. 그중 가장 주목할 만한 행보는 2007년 이루어진 라이벌 향료회사 퀘스트 인터내셔널Quest International과의 병합이었다. 당시 다섯번째로 큰 매출을 올리고 있던 거대한 향료회사인 퀘스트를 흡수한 지보당은 현재 향료 시장의 약 20퍼센트를 장악하며 부동의 1위를 지키고 있다.

Givenchy(지방시) : 향수와 의류, 귀금속으로 유명한 프랑스 명품 브랜드이다. 샤넬에서 시작된 '디자이너가 만든 향수 브랜드'의 유행은 20세기 중반 절정에 이르게 된다. 1952년부터 자신의 양장점을 운영하던 위베르 드 지방시Hubert de Givenchy는 동시대 디자이너들의 이러한 행보에 큰 영향을 받아 자신의 향수 브랜드를 출시할 것을 결심한다. 결국 그는 1957년 자신의 형과 이미 향수업계에 일가견이 있던 디자이너 크리스토발 발렌시아가Cristobal Balenciaga의 도움으로 지방시 향수회사를 설립한다. 그후 지방시가 표방하는 여성스러움과 우아함이 녹아들어간 향수들을 선보이며 시장에서 큰 성공을 거뒀다. 현재는 지방시 향수는 LVMH 그룹에 속해 있으며 총괄 디자이너 리카르도 팃치Riccardo Tisci의 예술적 안목을 반영한 향수를 출시하고 있다. 주목할 만한 작품으로는 최초의 여성 플로랄 아로마틱 향수 베리 이레지스티블Very Irresistible, 2003이 있다.

Grasse〔그라스〕 : 그라스는 본래 가죽가공업으로 유명했던 도시였다고 한다. 몇 세기를 거치며 그라스 가죽의 명성은 높아져갔지만 가죽의 악취는 항상 문제로 남아 있었다. 무두질을 할 때 동물의 대소변이 사용되기 때문에 가죽에는 상당히 불쾌한 냄새가 났다. 당연히 이러한 악취는 가죽장갑을 애용했던 귀족들을 만족시키지 못했을 것이다. 그러나 당시에는 무두장이였던 갈리마르Galimard가 가죽에 향을 입히는 방법을 처음으로 사용한 이후 그라스의 향기 나는 가죽장갑은 프랑스의 왕궁에서 크게 유행했다. 그렇게 그라스는 당시 몽펠리에가 가지고 있던 향의 중심지라는 지위를 이어받게 된다. 1960년대와 1970년대에는 현대 향료 및 향수산업의 근간을 이룬 가족 경영 기업들이 들어서면서 제2의 황금기를 열었다. 오늘날에는 대부분 이 그라스를 떠나거나 국제향료기업에게 인수되었지만 프랑스 자연 원료 생산량의 절반가량을 맡고 있는 프로방스의 작은 도시 그라스는 만 킬로미터 떨어진 한국에까지 향수의 수도로 이름을 날리고 있다.

GIPGrasse Institute of Perfumery : 그라스에 위치한 향수 학교이다. 2002년 ASFO Grasse라는 기관에 의해 설립되었고 여러 향료 회사들의 후원을 받으며 공신력 있는 학교로 평가받고 있다. 학교는 아래의 4가지 교육 목표를 토대로 학생들을 교육하고 있다. 첫째, 다양한 원료, 특히 그라스 지방의 자연 원료의 특징을 이해하고 다루는 방법을 익힌다. 둘째, 조향계에서 사용되는 언어를 구사할 수 있다. 셋째, 원료들을 바탕으로 아꼬르를 만들어낼 수 있다. 넷째, 향을 통해 섬세한 예술을 구현해낼 수 있다. 이 학교의 교수진은 그라스의 향료업계에 종사하는 전문가들 위주로 구성되어 있으며 모든 수업은 영어로 진행된다. 약 9개월 동안의 본 커리큘럼과 여름이나 특정 시기에만 수강할 수 있는 단기 강좌가 준비되어 있다. 추가로 본 과정은 까다로운 선별 기준을 갖추고 있어 아직 조향 경험이 전혀 없는 일반인이 입학하기에는 상당히 힘든 것으로 알려져 있다.

Guerlain〔겔랑〕 : 프랑스를 대표하는 화장품 및 향수 브랜드이다. 겔랑이 프랑스 향수를 대표한다고 해도 과언이 아닐 만큼 그의 향수는 상당히 '프랑스'적이다. 또 겔랑은 최초라는 수식어가 어울리는 브랜드이다. 최초의 립스틱과 고체 볼터치가 겔랑에서 출시되었으며, 1939년 샹젤리제Champs-Élysées 거리 68번지에 문을 연 매장은 최초의 뷰티 살롱이었다. 이 역사적인 브랜드의 시작은 1828년으로 거슬러올라간다. 영국에서 의학 공부를 마치고 파리로 돌아온 피에르 프랑수와 파스칼 겔랑은 리볼리Rivoli 가에 자신의 매장을 열었다. 1853년 그는 나폴레옹 3세의 배우자이자 왕비였던 외제니Eugénie에게 선사한 오드 꼴로뉴 앙페리알L'Eau de Cologne Impériale의 성공으로 프랑스 황실 조향사가 되며 거장의 반열에 오르게 되었다. 겔랑의 가장 클래식한 향수 중 하나인 이 작품은 프랑스 황실을 상징하는 69마리의 벌과 녹색 이름표로 장식되어 있다. 초대 겔랑 이후 브랜드는 가족 경영 방식으로 운영되어왔는데, 조향사직을 물려받은 겔랑들은 모두 전설적인 조향사가 되었다. 에메 겔랑은 지키로 스타덤에 올랐고, 자끄 겔랑Jacques Guerlain의 샬리마는 전쟁중에도 불티나게 팔려나갔다. 그러나 1994년 브랜드가 LVMH 그룹에 매각되면서 장 폴 겔랑Jean Paul Guerlain을 마지막으로 '가문의 조향사'는 더이상 나오지 않고 있다. 겔랑에 얽힌 이야기를 모두 풀어놓는다면 천일야화에 버금가는 책이 나올지도 모른다. 그러나 그 이야기들은 이미 그의 향수 속에 고스란히 담겨 있다. 2005년 새로 단장한 샹젤리제 거리의 매장에서는 겔랑의 모든 컬렉션을 만나볼 수 있다. 만약 프랑스를 방문한다면 이 향수의 명소를 빼놓지 않기를 당부한다.

Guerlinade〔게를리나드〕: 겔랑 향수의 DNA라 여겨지는 바즈이다. 게를리나드는 베르가모뜨, 재스민, 로즈, 이리스, 페브 통카, 앙브르, 씨벳, 바닐라의 8가지 원료들로 이루어져 있다. 이 원료들은 피에르 프랑수와 파스칼 겔랑 때부터 그의 향수에 자주 등장하였지만, 에메 겔랑의 지키에서 영감을 받은 자끄 겔랑에 의해 공식적인 바즈로 만들어지게 된다. 겔랑의 향수가 발산하는 독특한 관능미와 섬세함을 느끼면서 게를리나드가 부리는 매혹적인 마법에 심취해보자.

> H

Hanbit Fragrance&Flavor〔한빛 향료〕: 대한민국의 향료회사

이다. 2000년 충북 음성에 설립된 이후 Happy Fragrance&

Flavor의 슬로건 아래 한국 향료산업의 발전을 선도하고 있다.

2004년 KT&G에 잠시 합병되었지만 곧 분리되었고, 2008년

에는 연구 지원 강화를 목적으로 경기도 수원에 독립된 R&D

센터를 개설하였다. 화장품 향과 식품 향, 담배 향 제조에 특화

되어 있으며, 해외 니치 향수를 벤치마킹하여 고급 향 개발에

매진하는 등 여러 프로젝트를 통해 혁신을 도모하고 있다.

Hédione〔에디온〕: 향을 공부한 사람에게 재스민 향을 대표하

는 화학 원료를 묻는다면 대다수가 에디온이라 대답할 것이다.

물론 '에디온은 재스민이다'라고 단정 지어 말할 수는 없다. 꽃

에서 추출한 향 엑기스는 이미 그 자체가 향수이기 때문에 우

리는 그것에서 수많은 특징을 관찰할 수 있다. 에디온은 재스

민의 여러 모습 중에서도 가장 우아한 플로랄의 느낌을 표현해

낸다. 도입부는 상쾌하게 시작되며 시간이 지날수록 재스민의

무거운 부분을 걷어낸 부드러움을 연상시킨다. 나의 언어로 에

디온을 묘사해본다면 '물에 담가놓은 투명한 재스민 꽃향기를 맡는 느낌'이라 표현하겠다. 재스민은 향수에서 가장 많이 표현되는 꽃들 중 하나이기 때문에 에디온은 디오르의 오 소바쥬에 등장한 이후 무수히 사용되었다.

Hermès〔에르메스〕: 가죽 용품, 시계, 의류, 향수 등 수없이 많은 제품군을 보유한 프랑스의 대표적인 명품 브랜드이다. 독일에서 태어난 티에리 에르메스Thierry Hermès는 성인이 되자 노르망디Normandie 지방의 가죽 장인 밑에서 도제살이를 시작했다. 그는 1837년 파리에 자신의 가죽 제조소를 세웠는데 이것이 에르메스의 시초가 되었다. 그의 공장은 주로 안장과 같이 가죽으로 된 마구 용품을 생산했지만, 세월이 지나면서 수요가 줄어들자 가죽으로 된 장갑이나 가방 등 패션업계로 사업을 확장해나갔다. 대다수의 유럽 브랜드가 그러듯 에르메스 또한 가족 경영 방식으로 운영했다. 2010년 LVMH가 회사의 주식을 사들여 한때 20퍼센트가 넘는 지분을 확보하였지만, 가문이 단합해 대항한 결과 현재는 10퍼센트 미만의 지분만을 보유하고 있다. 에르메스 향수는 1947년 에드몽 루드니츠카와 함께 탄생했다. 첫번째 향수인 오 데르메스Eau d'Hermès, 1951는 베르가모뜨와 에피쎄 계열 원료들에서 시작하여 브랜드의 정체성을 드러내는 뀌르 노트로 끝을 맺는다. 루드니츠카의 정신을 이어받은 장 끌로드 엘레나Jean-Claude Ellena를 전속 조향사로 채용하는 등 전폭적인 지원을 통해 정상급 향수를 선보이고 있다.

Hespéridée[에스페리데] : 그리스신화 속 황금 사과가 열리는 에스페리데스Hespérides 정원에서 유래된 단어이며 한국에는 씨트러스Citrus로 알려져 있다. 아그룸 종류의 과일에서 추출한 원료들을 묘사하는 형용사이며, 플로랄과 더불어 가장 유명한 향수 계열 중 하나이다. 향수의 시작부에서 상쾌함과 청량감을 가져다주는 역할을 한다. 에스페리데 계열의 천연 원료를 대표하는 베르가모뜨, 씨트롱, 오랑쥬Orange는 오 드 꼴로뉴의 핵심을 이루는 삼총사이다. 또 알레르기 물질인 리나롤Linalol을 대체하기 위해 사용되는 합성 원료 디이드로믹세놀Dihydromyrcenol

도 에스페리데 계열에 포함된다.

> I

IFF International Flavors&Fragrances〔이에프에프〕 : 뉴욕에 본사를 둔
국제향료회사이다. IFF는 1958년 식품 향료를 주로 생산하던
폴락&슈와츠Polak&Schwarz와 코스메틱 향료를 주로 생산하던
반 아메링겐Van Ameringen이라는 두 회사의 합병으로 탄생하
였다. 2000년에는 향료회사 부시 보크 알렌Bush Boake Allen과
라보라뚜아 모니끄 레미Laboratoires Monique Remy를 인수하여
세계에서 가장 규모가 큰 향료회사가 되었다. 현재 향료 시장
에서 세번째로 높은 수익을 올리고 있으며 남아프리카 등 신흥
시장에서 막강한 영향력을 행사하고 있다.

IFRAInternational Fragrance Association〔이프라〕 : 향료산업에서 사용
되는 물질을 자율적으로 규제하기 위해 만들어진 기구이다.
1966년 미국의 향료기업들은 원료를 분석하여 산업현장에 적
용될 수 있는 과학적 자료를 쌓는 것을 목적으로 RIFMResearch
Institute Fragrance Materials을 설립했다. 이들은 소비자나 향을 다
루는 직업을 가진 사람들에게 무분별하게 노출되고 있는 위험
물질을 규제할 필요성을 느꼈고, 그 결과 1973년 IFRA가 출범

하게 되었다. IFRA에 가입된 단체의 전문가들은 사용량을 규제하거나 금지할 원료들을 선출하고 주기적으로 규제 목록을 갱신한다. 각 나라를 대표하는 단체와 국제향료기업들을 회원으로 두고 있다. 법적 강제성을 띠고 있지는 않지만 공신력 있는 규제로 인정받으며 유럽 시장은 물론이고 세계적으로 큰 영향을 미치고 있다.

Imitation〔이미따시옹〕: '모방은 창조의 어머니인가?' 조향사들에게 이 질문을 던진다면 대부분은 '그렇다'라고 대답할 것이다. 이미따시옹은 프랑스어로 모방을 의미한다. 향을 배우는 학생부터 조향사까지 향을 다루는 사람들은 끊임없이 모방을 한다. 어떤 아꼬르나 향수를 모방함으로써 그것에 사용된 원료를 이해하고 적용하는 방법을 익힌다. 하지만 불행히도 이미따시옹은 상업적으로 악용되기도 한다. 오 드 꼴로뉴 같은 전설적인 향수의 영향을 받아 비슷한 종류의 향수들이 여럿 개발되는 것과는 달리, 경쟁사의 작품을 그대로 베껴 출시하는 경우가 종종 발생한다. 이 제품들은 모조품을 뜻하는 꽁트르-떺Contretype이라고 불린다. 아쉽게도 아직까지 향 저작권의 개념이나 그에 맞는 법률이 존재하지 않아 이러한 행위를 제지할 수 없는 것이 안타까운 현실로 남아 있다.

Infusion〔앵퓨지옹〕: 끓는 용매에 원료를 넣어 향 물질을 우려내는 추출법이며 이 방법을 통해 얻은 원료를 뜻한다. 불순물이 함께 추출되거나 향 물질이 파괴되는 단점 때문에 정교한 추출법이 개발된 오늘날에는 거의 사용되지 않고 있다. 그러나 현재의 기술로도 추출할 수 없거나 희귀한 원료들의 경우 그것의 느낌을 어느 정도 담아낼 수 있기 때문에 그들의 앵퓨지옹을 소장하고 있는 조향사들이 드물게 존재한다. 한 교수님께서 스승의 유품이라며 시향시켜주신 앙브르 그리 앵퓨지옹의 고혹한 향기를 나는 아직도 잊을 수 없다.

Ionone〔이오논〕: 비올렛Violette이나 이리스의 향을 연상시키는 화학 원료이다. 대표적인 이오논 계열 원료들로는 파우더리한 느낌을 강하게 내는 메틸 이오논 감마와 열매 과일들의 향을

품은 이오논 알파Ionone Alpha, 나무 향이 깊이 올라오는 이오
논 베타Ionone Beta 등이 있다.

ISIPCAInstitut Supérieur International du Parfum, de la Cosmétique et de
l'Aromatique Alimentaire(**이집카**) : 프랑스를 대표하는 향전문교육기
관이다. 향 공부를 꿈으로 여기는 자에게 이집카는 그 이름만
으로도 설렘이 될 것이 분명하다. 이렇듯 오늘날 많은 이의 마
음을 흔들어놓는 향수학교의 역사는 1970년 겔랑 가문의 장
자끄 겔랑이 처음 문을 연 것으로 시작되었다. 그 당시 학교의
이름은 향수국제고등교육기관이라는 의미의 ISIPInstitute
Supérieure Internationale du Parfum였다. 그러나 1984년 파리시
의 상공회의소, CCIPChambre de Commerce et d'Industrie de Paris
가 학교의 경영을 이어받으며, 코스메틱과 식품 향으로 분야를
확장하여 현재의 ISIPCA가 되었다. 조향, 매니지먼트, 경영 등
향료산업의 전반적인 분야에 관한 학위과정이 준비되어 있다.
보통 프랑스로 향 유학을 떠나는 학생들은 대부분 이집카를 목
표로 하는 경우가 많다. 난이도 높은 입학시험과 비싼 수강료

가 부담이 될지라도, 세계 최고의 향교육기관 이집카는 조향사가 되고 싶은 학생들의 마음속에 포기할 수 없는 꿈으로 빛나고 있다.

Iso E Super(이조 으 슈페르) : 대부분의 향 계열과 쉽게 조화를 이루는 특징 때문에 현대 조향계에서 가장 많이 사용되는 화학 원료이며 기관에 따라 앙브레 또는 부아제 계열로 분류된다. 부아 드 쎄드르의 향취와 비슷하며 뮤스크Musc와 앙브르의 느낌을 부드럽게 풍긴다. 이조 으 슈페르가 쓰인 유명한 향수로는 디오르의 파렌하이트Fahrenheit, 1988가 있다. 이 합성 원료를 애용했던 소피아 그로스만의 작품에도 갈락솔리드와 함께 자주 등장한다.

Iris(이리스) : 우리에게 '아이리스'라는 이름으로 잘 알려져 있는 꽃이다. 붓꽃과에 속해 있으며, 세 갈래로 나뉘어 늘어져 있는 보라색의 바깥 꽃잎이 인상적이다. 그리스신화 속 무지개 여신 이리스와 동명인 이 꽃은 조향계에서도 매우 진귀한 원료로 여겨진다. 이 '꽃' 원료의 가장 특이한 점은 꽃봉오리가 아닌 뿌리에서 향 물질을 추출한다는 것이다. 추출하기 전, 2년에서 3년 동안의 숙성기간을 거쳐야만 최고의 품질을 얻을 수 있다는 사실도 신비한 매력을 더한다. 이리스는 추출과정만큼 그 향 또한 매우 독특하다. 다른 꽃 원료들과 다르게 파우더리한 인상을 강하게 풍기지만, 한편으로는 상당히 섬세하고 부드럽다. 비싼 가격 때문에 아꼬르 형태가 아닌 천연 원료 자체를 사용하는 경우는 드물다. 그러나 천연 원료가 적용된 향수들은 그 값어치에 맞는 아름다움을 뽐낸다. 코코 샤넬Coco Chanel의 생일 날짜에 헌정된 샤넬의 향수 N° 19, 1970는 이리스의 매력을 가장 우아하게 표현해낸 작품으로 알려져 있다.

J

Jacques Polge〔자끄 폴쥬〕: 프랑스의 유명 조향사이다. 그는 그라스와 같은 지방에 속한 남쪽 도시, 아비뇽Avignon에서 유년 시절을 보냈다. 싱그러운 꽃향기가 넘쳐흐르는 고향땅은 어린 자끄 폴쥬에게 깊은 영감을 심어주었다. 그의 첫번째 커리어는 당시 유명한 향수교육기관이었던 루르에 진학하면서 시작된다. 그는 장 까를Jean Carles 밑에서 도제식 수업을 받으며 촉망받는 조향사로 성장하였고, 지보당-루르Givaudan-Roure에서 식품 향을 다루는 향 연구가가 되었다. 그러던 그는 1978년 조향계의 한 페이지를 장식할 새로운 도전을 하게 된다. 에르네스트 보와 앙리 로베르Henri Robert를 잇는 샤넬의 전속 조향사직을 맡게 된 것이다. 앙떼우스로 시작해 알루어Allure, 1996와 코코 마드무아젤Coco Mademoiselle, 2001을 거쳐 블루 드 샤넬Bleu de Chanel, 2010까지 수많은 걸작이 그의 코를 통하여 탄생하였다. 2013년부터는 아들 올리비에 폴쥬Olivier Polge와 함께 샤넬의 향수에 섬세함과 우아함을 담는 노력을 이어나가고 있다.

Jasmin〔재스민〕: 재스민은 장미와 함께 꽃의 여왕이라 불린다.

플뢰르 블랑슈를 대표하는 꽃인 재스민의 향기는 이미 세련된 향수라 불러도 될 정도로 우아하다. 재스민은 인도와 중국, 유럽에서는 그라스를 비롯한 프랑스의 남부 지역과 스페인에서 재배되고 있다. 1온스를 만드는 데 10,600송이의 재스민이 사용되었다는 장 빠뚜Jean Patou의 초호화 향수 조이Joy, 1929와 세기의 배우 메릴린 먼로의 잠옷을 대신했던 샤넬의 N° 5, 오늘날 가장 많이 팔리는 여성 향수 중 하나인 디오르의 자도르 J'adore, 1999 등 재스민은 시대를 막론하고 수없이 많은 향수에 적용되며 아름다운 향기를 퍼트리고 있다.

Jean Carles〔장 까를〕: 프랑스의 유명한 조향사이자 향 교육자이다. 그라스의 향료회사 루르에 몸담고 있던 장 까를은 1946년 향수학교인 에꼴 드 파퓨메리 드 루르École de Parfumerie de Roure를 설립했다. 그는 향 계열과 특징을 기준으로 원료들을 세밀하게 나눈 표를 작성하여 학생들에게 나누어주고 후각 훈련의 교재로 활용하였다. 체계적인 향 교육법이 존재하지 않던 20세기 초 장 까를의 훈련법은 가히 획기적이었고 오늘날까지

인정받으며 향을 가르치는 기관에서 널리 사용되고 있다. 그는 조향사로서도 상당한 업적을 남겼다. 종종 베토벤에 비유되는 장 까를은 커리어의 마지막 무렵에 후각을 상실한 아노스미가 되었음에도 불구하고 까르벵Carven의 마 그리프Ma Griffe, 1946 와 디오르의 미스 디오르 같은 역작을 탄생시켰다.

Jean-Claude Ellena〔**장 끌로드 엘레나**〕: 21세기 가장 활동적이고 저명한 조향사 중 한 명이다. 그라스가 낳은 조향사 장 끌로드 엘레나는 열여섯 살 때 향료회사 시리스Chiris에서 커리어를 시작하였고, 1968년에는 지보당과 연을 맺었다. 첫번째 향수 반 클리프&아펠Van Cleef&Arpels의 퍼스트First, 1976가 큰 성공을 거둔 후 여러 브랜드에서 향수를 출시하며 자신의 가치를 높여나갔다. 이 재능 넘치는 조향사의 전성기는 2004년 마침내 에르메스의 전속 조향사 자리에 오르며 시작되었다. 엘레나는 거의 매년 보석 같은 향수들을 쏟아내었는데, 그중에서도 자르당Jardin 시리즈는 대중들에게 그가 진정한 예술가임을 각인시켜주었다. 게다가 그는 2000년대 초반 불어온 니치 향수 바람에도 안정적으로 합류했다. 유명한 니치 향수 브랜드인 프레데릭 말Frédéric Malle과 라르티장 파퓌뫼르l'Artisan Parfumeur에서 활동했으며, 자신의 딸 셀린 엘레나Céline Ellena와 함께 더 디퍼런트 컴퍼니The Different Company를 설립하기도 했다. 장 끌로드 엘레나는 글 쓰는 조향사로도 알려져 있다. 2011년 출간된 자서전적 에세이 『주르날 덩 파퓌뫼르Journal d'un Parfumeur』는 '나는 향수로 글을 쓴다'라는 제목으로 한국에서까지 번역되어 출판 간담회를 열 정도로 세계적인 인기를 누렸다.

Jean Fargeon〔장 파르종〕: 몽펠리에 출신의 프랑스 황실 조향사이다. 프랑스의 남쪽 도시 몽펠리에에서 약사이자 조향사로 활약하던 장 파르종은 황실의 향을 책임지는 조향사로 임명되어 왕궁에 입성하였다. 그 당시 프랑스를 통치하던 루이 15세는 향수를 열정적으로 사랑하여 세간에서는 그의 거처를 향으로 도배된 궁전을 뜻하는 꾸르 파퓌메Cour Parfumé라고 부를 정도였다. 그러나 황실 조향사가 된다는 것이 좋은 것만은 아니었다. 그는 모든 권리가 황실에 귀속되어 어떠한 경제 활동도

할 수 없었고 루이 15세가 세상을 떠나자 얼마 후 도산에 이르렀다고 한다. 장 파르종에게는 장-루이 파르종Jean-Louis Fargeon이라는 아들이 한 명 있었다. 아버지의 이름을 물려받은 아들은 가업을 지켜나가기로 결심했고 마리 앙뚜아네뜨Marie Antoinette를 위해 향을 만드는 황실 조향사가 되었다.

Jus〔쥬〕 : 원래는 야채나 과일의 즙을 뜻하는 프랑스어이지만 조향계에서는 향수의 내용물, 즉 액체를 지칭하는 데 사용된다. 시대가 변해가면서 향수를 구성하는 요소가 점점 늘어났다. 매장에서 고객의 이목을 집중시키는 향수병이나 패키징의 중요도가 높아졌고 제품을 다수의 소비자에게 어필하는 광고 또한 오늘날 향수를 이루는 요소라 말할 수 있게 되었다. 그러나 매일 애용하는 향수가 당신의 마음에 드는 가장 큰 이유는 결국 그의 아름다운 향기 때문일 것이다. 이렇듯 시향가의 만족을 최종적으로 끌어내는 것은 다름아닌 향을 전달해주는 내용물, 즉 쥬라 할 것이다.

Kyphi

Kyphi〔키피〕 : 키피는 고대 이집트 시대에 사용된 고체 향수이다. 그런데 당시 이집트인들은 이 향수를 조금 특별한 목적으로 사용하였다. 그들은 연기를 통해 신과 소통할 수 있다고 생각하였고 키피는 그 의식을 위해 제사장들에게만 허용된 마법의 원료였다. 앙쌍과 꿀, 계피, 부아 드 상탈, 미르 등 총 15가지의 원료가 들어간 키피는 태양의 신 레Rê를 숭배하는 의식에서 태워져 향기와 연기를 내며 하늘로 올랐다.

L

Lancôme〔랑콤〕: 아직 랑콤이 등장하지 않았던 19세기 초반 향수와 화장품 시장에서는 미국 브랜드들의 영향력이 빠르게 증가하고 있었다. 아르망 쁘띠장Armand Petitjean은 세계적으로 명성을 떨치던 꼬띠에 소속되어 있었지만, 프랑수와 꼬띠가 세상을 떠나자 회사를 나와 랑콤을 설립했다. "나는 프랑스가 화장품 시장에서 점차 모습을 감춰가는 것을 현장에서 목격했다. 거대한 미국 회사들이 이미 시장을 쥐고 흔들고 있다. 나는 이제 프랑스가 그들의 경쟁자로 떠올라야 한다고 생각한다." 출사표를 던진 아르망은 1935년 벨기에 브뤼셀에서 열린 국제박람회에서 5개의 향수를 선보이며 프랑스의 자존심을 되살리기 위한 도전을 시작했다. 그리고 23년 후, 랑콤은 자신의 시작을 알렸던 국제박람회에서 금메달과 표창장을 수상하며 자신의 성공을 증명해냈다. 경영직을 물려받은 아르망의 아들 아르망 마르셀Armand Marcel이 1964년 회사를 매각한 이후 랑콤은 로레알l'Oréal에 소속되어 있다. 랑콤은 트레조Trésor, 1952와 오 드 랑콤Ô de Lancôme, 1969, 입노즈Hypnose, 2005 등 가장 프랑스적이고 우아한 향수를 선보여왔고, 2014년에는 라 비 에 벨La Vie est

Belle, 2012이 디오르의 자도르를 끌어내리고 프랑스 여성 향수 1위에 오르는 기염을 토했다.

Lavande〔라방드〕 : 지중해 연안에 주로 서식하는 식물로 보라색 꽃잎을 가지고 있다. 라방드는 '씻다'를 의미하는 프랑스어 'laver', 더 거슬러올라가자면 라틴어의 'lavandaria'에서 유래된 이름이다. 이것은 고대 유럽인들이 몸을 씻거나 빨래를 할 때 라방드 향을 사용하였기 때문이라고 추측된다. 꽃잎에도 불구하고 라방드의 향기는 조향계에서 아로마틱 계열로 분류된다. 그의 상쾌한 향은 에쌍스 드 라방드Essence de Lavande의 주구성요소인 리나놀Linalol과 아세땃 드 리나릴Acétate de Linalyle에 의해 특징이 나타난다. 프랑스 지인의 표현을 빌리자면 라방드는 가장 프랑스적인 향을 지녔다고 한다. 그라스 인근에 끝없이 펼쳐져 있는 라방드 밭 위를 거닌다면 바람에서 묻어 나오는 향기에 취해 감탄사조차 내뱉지 못할 것이다. 그래서일까, 프로방스 지방의 경이로움을 담은 라방드의 꽃말은 '침묵'이다.

Limonène〔리모넨〕 : 레몬에서 유래된 이름의 대표적인 에스페리데 계열의 화학 원료이다. 리모넨은 감귤류 과일, 아그룸의 에쌍스 안에 적게는 50퍼센트에서 많게는 95퍼센트가 넘는 함량으로 존재한다. 식물들이 과일에 향을 심을 때 리모넨이라는 기본적인 골격을 토대로 서로의 입맛에 맞는 장식을 조금씩 추가하는 꼴이다. 이렇듯 리모넨은 아그룸 원료의 향을 형성하는 데 가장 핵심적인 부분을 담당한다.

L'Oréal〔로레알〕 : 세계 최대 규모를 자랑하는 프랑스의 화장품 기업이다. 1907년 응용 화학을 전공한 젊은 화학자 외젠 슈엘레Eugène Schueller는 모발 염색 기술에 관한 특허를 받고 그것을 바탕으로 생산한 제품에 오레알Oréal이라는 이름을 처음으로 사용하였다. 로레알은 경쟁력 있는 자체 제품을 개발함과 동시에 랑콤, 비시Vichy, 비오템Biotherm, 더 바디 샵The Body Shop, 키엘Kiehl's 같은 유명 브랜드들을 흡수하며 성장했다. 또한 향수 시장에서는 디젤Diesel, 랑방Lanvin, 조르지오 아르마니Giorgio Armani 등 유수 브랜드의 향수 개발권을 거머쥐며 존재감을

드러냈고, 특히 2008년에 진행된 이브 생로랑 보떼Yves Saint-Laurent Beauté와의 합병으로 입지를 더욱 공고히 하였다.

Linalol[리나롤] : 라방드에 깨끗하고 상쾌한 느낌을 심어주는 핵심 원료이며, 그 특징의 걸맞게 상쾌한 꽃을 의미하는 플로랄 프레슈 계열의 대표주자이다. 어떤 아꼬르에 적용되어도 자연스럽지만, 특히 플로랄 계열의 향에 산뜻함과 청량감을 주기 위한 의도로 매우 빈번하게 사용된다. 라방드나 부아 드 로즈 Bois de Rose에서 자연적으로 추출하는 방법 외에도 떼르펜Terpène류 원료들을 통한 합성이 가능하다. 조향계에서 가장 많이 사용되는 원료들 중 하나인 리나롤은 안타깝게도 알레르기를 일으키는 물질이다. 그렇기 때문에 높은 비율로 사용될 때에는 아세땃 드 리나릴이나 에틸 리나롤Ethyl Linalol같이 비슷한 효과를 줄 수 있는 원료들을 함께 사용하거나 디이드로믹세놀Dihydromyrcenol으로 대체하기도 한다.

Louis XV[루이 깽즈] : 태양왕 루이 14세의 뒤를 이어 프랑스를 통치했던 인물이다. 그의 할아버지인 선왕이 절대 권력으로 이루어낸 중앙집권제를 유럽에 퍼트렸다면, 루이 15세는 프랑스의 문화를 전파했다고 할 수 있다. 그는 자신이 태어난 베르사유 궁전을 유럽에서 가장 아름다운 곳으로 단장시키기 위해 향을 사용하였는데, 동시대에 만들어진 오 드 꼴로뉴를 왕실에 유행시키고 분수와 샘에 향수를 타는 등 그의 거처가 '향기를 입은 궁전Cour Parfumée'이라고 불릴 정도였다고 한다. 또 이러한 왕의 향 사랑은 향수 문화와 산업이 성장하는 데 큰 영향을 미쳐 그라스에서는 장미나 재스민 등 고급 자연 원료의 재배가, 파리에서는 그것으로 조향된 향 제품의 상업 활동이 발달하였다. 그 결과 프랑스는 향수의 나라로 이름을 떨치며 오늘날까지도 명성을 인정받고 있다.

LVMHLouis Vuitton&Moët Hennessy〔**엘베엠아슈**〕: 루이 비통&모에 에네시의 줄임말로 향수와 화장품 시장을 넘어 패션, 문화 사업으로 전 세계에 막강한 영향력을 떨치고 있는 프랑스 기업이다. 1987년 패션업계를 주름잡던 루이 비통과 주류계에서 명성을 떨치던 모에 에네시의 합병으로 탄생하였다. 현재 이 그룹은 와인이나 샴페인, 꼬냑과 같은 고급 양주를 비롯해 패션, 명품, 시계, 귀금속, 향수 등의 여러 제품군을 갖추고, 프랑스의 고급 백화점 봉 막쉐Bon Marché, 그리고 유명 향수 판매점 세포라Sephora 같은 유통망까지 조성하며 자생적 시장 생태계를 구축했다. LVMH 그룹 소유의 유명 향수 브랜드로는 겔랑, 지방시, 겐조Kenzo, 디오르 등이 있으며, 아쿠아 디 파르마Acqua di Parma 같은 니치 향수 브랜드들도 속해 있다.

> M

Maître Parfumeur et Gantier〔메트르 파퓨뫼르 에 강띠에〕: '장갑 공예인과 조향사 직업'을 뜻한다. 17세기 프랑스에는 가죽장갑 에 향을 칠하는 것이 전국적으로 유행했고, 그 덕분에 가죽산 업으로 유명했던 그라스에서 조향산업이 급격하게 발전할 수 있었다. 조향만을 전담하는 직업이 존재하지 않았던 그 당시, 향을 다루는 사람들은 보통 '장갑공예인 조향사Parfumeur-Gan-iter'라고 불렸다. 루이 15세가 집권한 이후 향 제품에 대한 인기 는 날로 높아졌지만 조향사들의 불만은 늘어만 갔다. 수요가 증 가함에 따라 왕실 세금이 상승하는 것이 이유였다. 결국 1724년, 21명의 장갑공예인들과 조향사들이 그라스에 모여 자신의 목 소리를 내고 그것을 행동으로 보여주기 위한 연합을 구성하기 에 이른다. '메트르 파퓨뫼르 에 강띠에'라고 명명된 이 조합은 점점 수를 늘려가 1745년에는 70명의 회원을 확보하게 되었 다. 그들은 높은 세금에 대항해 향을 칠한 가죽의 판매를 줄여 갔고, 사람들의 선호도도 자연스레 변하면서 가죽이 아닌 비단 이나 몸에 향을 내는 것이 인기를 얻기 시작했다. 이렇듯 조향 사들이 더이상 가죽을 다루지 않게 되자 1759년 마침내 두 직업의 사회적 분리가 이루어진다. 여기서 흥미로운 점은 순수하게 향을 만드는 진짜 조향사들이 출현한 이후 이 직업이 잠시 동안 엘리트화되었다는 사실이다. 그 당시 조향사의 칭호를 얻으려면 우선 스물한 살 이상이 되어 한 조향사 밑에서 3년 동안의 도제 수업을 거치고, 다시 3년간 그 조향사의 조수로 일해야만 했다. 이 재미난 역사를 지닌 연합은 1988년 유명 조향사인 장 프랑수와 라뽀르뜨Jean-François Laporte가 파리에 문을 연 동명의 파퓨뫼르를 통해 전통을 이어오고 있다.

Mane〔만〕 : 그라스에서 가까운 르 바-슈르-루Le Bar-sur-Loup 지방에 연고를 둔 프랑스 향료회사이다. 프로방스 지방에 기반을 둔 프랑스 전통 기업으로 로베르떼Robertet와 함께 세계 10대 향료기업에 속하며 프랑스 향료산업의 자존심을 지키고 있다. 꽃 재배인이었던 빅토르 만Vitor Mane이 1871년 향료 추출을 위해 설립한 만은 가족 경영 방식을 통해 3대에 걸쳐 발전해왔다. 기술 개발 및 해외 진출에 공을 들인 결과 프랑스 1등 향료기업으로 성장했고 전 세계 32여 국에 지부를 두는 데 성공했다.

Matière Première〔마띠에르 프레미에르〕: 첫번째 재료, 즉 조향에 사용되는 원료를 의미한다. 화가에게는 물감, 작곡가에게는 음표가 있듯이 조향사는 마띠에르 프레미에르를 사용한다. 향원료는 크게 천연 원료와 화학 원료(혹은 합성 원료)로 나뉜다. 꽃, 잎, 나무, 뿌리 등 자연물에서 여러 가지 추출 방법을 통해 얻어낸 원료를 천연 원료, 그렇게 추출된 원료에서 1가지의 화학 성분을 따로 분리시키거나 다른 화학물을 변형시켜 합성한 원료를 화학 원료 또는 합성 원료라고 한다. 화학 원료는 한 종류의 분자로 이루어져 있는 반면, 천연 원료는 수십에서 수백 가지의 화학 원료가 모여 있는 집합체라고 볼 수 있다.

Mémoire Olfactive〔메모아르 올팍티브〕: 조향사에게 있어 후각 능력은 화가의 손과 같고, 작곡가의 귀와 같다. 한마디로 그의 직업적 삶에서 가장 중요한 도구 중 하나라고 할 수 있다. 후각 능력이 뛰어나다는 것은 무엇을 의미할까. 물론 남들보다 냄새를 예민하게 잡아내는 사람이 더 유리할 수 있지만, 그것보다 중요한 것은 바로 후각 기억력이다. 향을 이해하고 적용시키기

위해서는 우선적으로 그 향을 기억하고 있어야 하기 때문이다. 후각 기억력을 뜻하는 메모아르 올팍티브를 완벽하게 숙달해 낸 사람은 냄새를 맡지 않고도, 혹은 흡사 베토벤이 청각을 상실한 것처럼 냄새를 맡지 못하는 상황에 처하게 될지라도 아름다운 향기를 창조해낼 수 있다.

Mitsouko[미츠코] : 겔랑에서 1919년 출시된 여성형 시프레 향수이다. 특이하게도 이 향수는 1912년 겔랑이 선보인 뢰르 블루 l'Heure Bleue와 똑같은 플라꽁에 담겨져 있다. 그 이유는 1914년 유럽 전역을 공포와 혼돈 속에 몰아넣었던 1차 세계대전의 영향으로 새로운 유리병을 생산하는 것이 불가능했기 때문이다. 자끄 겔랑은 미츠코를 조향할 때 소설 『라 바따이유 드 소 나미 La bataille de son ami』 속의 여주인공인 일본 여성에게서 영감을 받았다고 한다. 전쟁의 여파 속에서도 로맨티시즘을 찾으려는 그의 노력이 돋보이는 부분이다. 복숭아 향이 나는 알데이드 C14가 처음으로 사용되어 그 당시 모든 계층의 여성에게 폭발적인 인기를 끌었지만, 100년의 시간이 흐른 지금 미츠코는 중

년 여성에게 어울리는 클래식 향수가 되었다.

Modificateur〔모디피까뙤르〕: '변경자'라는 의미의 프랑스어이다. 조향계에서는 보통 놋 드 쾨르Note de Cœur 정도의 잔향성을 가지며 향이 가지는 주요 특징에 변화를 줄 수 있는 원료를 가리킨다. 향수를 만들어나갈 때는 핵심 원료로 틀을 잡는 작업이 가장 중요하지만, 모디피까뙤르를 적절히 사용하여 아름다운 변화를 줄 수 있는 능력도 갖추어야 진정으로 유능한 조향사가 될 수 있다.

Montpellier〔몽펠리에〕: 세계에서 가장 오래된 의학대학이 있는 것으로 유명한 프랑스 남부 지방의 학생 도시이다. 몽펠리에가 대학으로 이름을 알리기 시작한 것은 12세기 말로 거슬러올라간다. 1150년에 세워진 몽펠리에 의과대학에서는 약용식물에 관한 연구가 활발히 진행되었다. 중세시대 사람들은 특정한 향기가 병균이나 질병을 쫓아준다고 믿었기에 대학에서 진행되는 연구는 자연스럽게 여러 식물이 제공하는 향료에 집중되었다. 이러한 환경 속에서 몽펠리에에 몰려든 향 연구자들의 노력으로 프랑스는 향수의 나라가 되기 위한 기반을 닦을 수 있었다. 물론 향수의 수도는 원료 재배에 더 적합한 자연적 요건을 갖춘 프로방스의 그라스로 빠르게 이전되었지만, 아직도 몇몇 조향사들이 몽펠리에에 기반을 두고 전통을 이어가고 있다.

Mouillette〔무이예트〕: '젖은'을 의미하는 프랑스 형용사 '무이에Mouillé'에서 유래된 이 단어는 원래 스프나 계란 반숙에 적셔 먹을 수 있게 잘라놓은 빵의 가장자리 부분을 의미하였다. 그러나 조향계에서는 모양과 기능의 유사성 때문에 시향지를 무이예트라고 부른다. 면이 넓거나, 두껍거나, 끝이 뾰족하거나. 겉모양은 가지각색으로 모두 다를 수 있지만 무이예트의 목적은 향기를 우리의 콧속으로 전달해주는 것으로 동일하다. 조향 공부를 하는 사람들에게는 무엇을 찍었는지부터 그것을 찍은 날짜와 시간까지도 시향지 위에 기록해놓을 것을 권장한다. 그렇게 해야 혼동 없이 향을 구분할 수 있고, 시간이 지남에 따라 발전하는 향의 특징도 확인할 수 있기 때문이다.

Muguet〔뮤게〕: 꽃의 향기를 언어로 표현하는 것은 무척이나 어렵다. 그러나 때때로 쉽게 맡을 수 없는 향기를 구현해야 하는 경우를 마주하게 되는데, 뮤게가 바로 그것에 해당된다. 한국어로 은방울꽃이라 불리는 뮤게는 현재의 추출 기술로 그 향기를 온전히 뽑아낼 수가 없다. 그렇다면 꽃의 향기를 직접 맡아가며 후각적 기억에 의존해 작업해야 하지만, 5월경에 잠시 모습을 드러내고 사라지는 그를 사시사철 쫓는 것은 사실상 불가능하다. 그리하여 조향사들은 뮤게의 향기가 가지고 있는 특징들을 잡아내 복제품을 만들어 사용해왔다. 가장 두드러지는 특징으로는 시작부에서 나타나는 새초롬한 풀잎의 향기, 중반부를 거쳐 끝부분까지 이어지는 장미와 재스민 노트의 우아함, 마지막으로 앵돌이 주는 관능미가 있다. 이 3가지 특징이 가장 아름다운 조화를 이루고, 뮤게 본연의 향기를 부각시켜주는 이드록시씨트로넬랄Hydroxycitronellal과 릴리알Lilial 같은 원료가 더해지면 자연에서 느낄 수 있는 뮤게의 향과 흡사한 결과물을 얻을 수 있다. 순수주의 조향사 에드몽 루드니츠카에게 가장 사랑을 받았던 향인 만큼 뮤게는 은은하고 영롱한 향기를 전해준다. 향기 못지않게 그의 모습 또한 매우 아름답다. 얇고 긴 줄기에 차례차례 매달린 흰색 꽃은 작고 앙증맞은 종을 떠올리게 한다. 늦봄이 되면 모두 꽃집에 들러 뮤게의 향기에 취해보자. 어떤 향수도 주지 못했던 자연스러움을 경험해볼 수 있는 좋은 기회이다.

Musquée〔뮤스께〕: 매우 육감적이고 진한 부드러움을 남기는 뮤스크 원료들을 묘사할 때 사용되는 형용사이자 그들의 향 계열이다. 히말라야 사향노루의 림프절에서 분비되는 이 물질은 현재 동물 보호의 명목으로 채취가 금지되어 있다. 조향계에서는 이러한 변화에 대응하기 위해 합성 뮤스크를 개발해왔고 여러 개성을 가진 원료들이 탄생했다. 뮤스크는 화학적 특징에 따라 니트로Nitro, 폴리시클릭Polycyclique, 마크로시클릭Macrocyclique의 3가지 종류로 나뉜다. 20세기 조향계에서 활발하게 쓰이던 니트로 뮤스크는 인체에 치명적인 악영향을 줄 수 있다고 밝혀져 현재 금지되었으며, 폴리시클릭 계열도 환경오염의 이유로 사용이 줄고 있다. 이들은 지속력이 강하고 파우더리한 느낌을 주기 때문에 잔향성을 보강하거나 후반부를 다듬는 데 사용된다. 반면 까시메랑Cashmeran 같은 뮤스크는 시작 부분에서부터 강하게 치고 올라오는 성질을 가지고 있어 소량만 가미되어도 향수의 전반적인 부분에 독특함을 부여해준다. 뮤스크 원료가 돋보이는 향수로는 한국에서도 선풍적인 인기를 끌었던 더 바디 샵의 화이트 머스크White Musk, 1981와 니치 향수 시장의 선구자로 불리는 라르티장 파퓨뫼르의 첫 작품 뮤르 에 뮤스크Mûre et Musc, 1978가 있다.

N

N° 5 - Numéro 5[뉴메로 쌩끄] : "여성은 완벽하게 차려입었을 때야말로 더이상 나체가 아니라고 말할 수 있다. 나는 디자이너로서 여성들에게 장미나 은방울꽃에서 비롯된 향수가 아닌, 마치 한 벌의 원피스처럼 사람의 손으로 만들어진 향수를 선사하고 싶다." 1921년, 코코 샤넬은 러시아 출신 조향사 에르네스트 보에게 '여자'의 향기가 나는 진정한 여성 향수를 창조해달라고 부탁한다. 에르네스트는 이 주문에 답하기 위해 그 당시 새로 합성된 화학 원료 알데이드를 고급스럽고 우아한 재스민과 장미에 곁들여 사용하였다. 알데이드는 날카로운 금속처럼 향수에 색다른 인공미를 더해주었는데, 샤넬은 이 신비스러운 원료에 매료되어 그것을 과다로 도자쥔 샘플을 자신의 첫 향수로 선정하였다. 그녀의 선택이 옳았다는 것이 증명되기까지 그리 오랜 시간이 걸리지 않았다. 대중의 뇌리에 신선하게 각인된 이 향수는 메릴린 먼로의 마케팅을 등에 업고 공전의 히트를 기록하였다. 그후 알데이드 노트는 샤넬 향수의 시그니처 향이 되었지만 그의 정확한 처방을 알아낸 사람은 아무도 없다고 한다. 오랜 시간 동안 전 세계 여성들의 마음을 사로잡았던

샤넬 N° 5는 이제 향수의 대명사가 되었다.

Néroli〔네롤리〕 : 오렌지꽃에서 추출한 에쌍스 원료이다. 오렌지꽃에서 얻어지는 향료는 추출법에 따라 2가지로 나뉜다. 용매 추출법을 사용하면 압솔류 드 플뢰르 도랑제Absolue de Fleur d'Oranger를, 증류법을 거치면 에쌍스 드 네롤리Essence de Néroli를 얻을 수 있다. 이렇게 얻어진 두 원료는 서로 매우 상이한 특징을 가지고 있다. 압솔류 드 플뢰르 도랑제는 묵직하고 쌉싸름한 향이 진하게 풍겨오지만, 에쌍스 드 네롤리는 상당히 플로랄하며 오렌지의 달콤함이 묻어난다. 그렇지만 이 이란성 쌍둥이에게는 가장 큰 단점이 공통적으로 존재한다. 바로 가격이 굉장히 비싸다는 점이다.

Nez〔네〕 : 코를 의미하는 프랑스어지만 비유적인 표현으로 조향사를 가리키기도 한다. 프랑스인에게 향수를 배운다고 이야기한다면 "아, 그렇다면 너도 '네'가 되고 싶구나!" 하는 반응을 쉽게 접할 수 있다. 그렇다고 우리는 음악가를 귀에 비유하거나 축구선수를 다리에 비유하지 않는다. 나는 조향사에게만 허락된 이 재미있는 표현이 자랑스러울 따름이다. 조향사를 꿈꾸는 독자가 있다면 '그랑 네Grand Nez', 즉 '왕코'가 되기 위한 노력을 게을리하지 말자.

Niche〔니슈〕: 조각상이 놓이도록 움푹 들어간 벽면의 부분을 의미하는 프랑스어지만 마케팅적으로 사용될 때는 틈새시장을 의미한다. 같은 맥락으로 파팡 드 니슈Parfum de Niche, 영어로 니치 퍼퓸Niche Perfume은 보통 매스 퍼퓸Mass Perfume과 상반된 개념으로 쓰인다. 매스 퍼퓸이 대대적인 홍보를 통해 판매를 극대화시키고 최대한 많은 대중을 타겟으로 삼는 반면, 니치 퍼퓸은 독특한 아이덴티티를 바탕으로 그것에 끌리는 특정 계층의 사람들을 겨냥한다. 많은 이가 니치 향수를 개인이 운영하는 브랜드의 향수나 값비싼 향수라고 생각한다. 특이한 컨셉을 실현하기 위해 소규모로 문을 열거나 희귀한 자연 원료를 사용하여 가격이 높아지는 경우가 빈번한 것은 사실이다. 그러나 어떤 브랜드가 니치 퍼퓸에 속하느냐는 '향수를 통해 표현하고자 하는 메시지가 예술성과 상업성 중 어느 쪽을 더 대변하고 있는가'에 달려 있다고 생각한다.

NIFFS Nipon International Fragrance&Flavor School : 2000년 도쿄에 설립된 일본의 향교육기관이다. 대부분의 수업이 실습 위주로 이루어져 있어 조향 기술을 빠르게 익힐 수 있고, 식향산업이 발달한 일본의 특성상 식품에 적용되는 향과 그 제품의 개발까지도 심도 있게 배울 수 있다고 한다. 현재 3년 과정의 프로페셔널 코스와 오후에만 진행되는 비즈니스 코스 등이 준비되어 있다.

Note de Cœur〔놋 드 쾨르〕 : 쾨르는 심장을 의미하는 프랑스어이다. 향수의 심장, 놋 드 쾨르는 향수를 뿌리고 30분 정도가 지난 후부터 최대 10시간까지 지속되는 향수의 중심적인 부분이다. 그렇기 때문에 놋 드 쾨르에는 그 향수의 방향을 특정해주는 원료들이 대거 포함되어 있다.

Note de Fond〔놋 드 퐁〕 : 퐁은 바닥을 의미하는 프랑스어이다.

향수를 구성하는 가장 깊숙한 부분인 놋 드 퐁은 잔향을 담당하고 있으며 며칠 동안 지속되는 경우도 있다. 가벼운 원료들이 쉽게 증발하지 않도록 잡아주는 원료들이 포함되며 향수의 지속성을 높여주고 무게를 더해주는 역할을 한다. 보통 뀌르와 오리엔탈 계열 향수는 사용된 원료의 특성상 놋 드 퐁을 기초로 하고 있어 묵직한 느낌을 주고 비교적 오랫동안 잔향이 남는다.

Note de Tête(놋 드 떼뜨) : 떼뜨는 머리를 의미하는 프랑스어이다. 향수의 시작을 알리는 부분인 놋 드 떼뜨는 최대 두 시간 정도 지속될 수 있다. 상쾌하거나 달콤한 느낌을 주며 소비자를 유혹하는 역할을 한다. 에스페리데나 아로마틱, 베르뜨Verte 계열 원료들이 포함된다.

> O

Odin〔오딘〕: 2004년 뉴욕에 문을 연 니치 향수 브랜드이다. 북유럽신화의 주신인 오딘은 세계 각지를 여행하며 그곳의 지혜를 터득하는 것을 낙으로 삼았다고 한다. 이 브랜드는 그가 터득한 세상의 모든 지혜를 아름다운 향을 통해 전파하고 있고, 그렇기에 이국적인 지명을 향수의 이름으로 채용하고 있다. 향도 이름 못지않게 특별하다. 지인 중 한 명은 오딘의 일곱번째 향수인 타노케Tanoke가 본인이 맡아본 가장 독특한 향이라고 말했다. 쉽게 맡아볼 수 없는 향을 찾고 있다면 오딘의 향수들이 신선한 선택지가 될 것이다.

Olfaction〔올팍시옹〕: 후각을 의미하는 프랑스어이다. 인간의 오감 중 후각은 미각과 더불어 화학적 자극을 받아들이는 통로이다. 공기 중에 섞여 있는 화학물질이 인간의 코로 유입되면 곧이어 동전 크기의 존 뒤 뷸브 올팍팁Zone du Bulbe Olfactif에 도달한다. 이곳은 뮤큐스Mucus라는 점액 물질로 덮여 있는 후각신경세포의 말단 부분이다. 뮤큐스에 녹아들어간 화학물질을 신경세포가 받아들이면 전기적 신호가 발생하고 이 자극이

뇌로 전달되어 우리가 냄새를 맡을 수 있는 것이다. 신기하게도 후각은 다른 감각들에 비해 특별한 점이 많다. 우선 후각은 신경세포가 뇌와 직접 연결된 유일한 감각기관이다. 그중에서도 감정적 기억을 다루는 아미그달Amygdale을 우선적으로 거친다. 이로 인해 우리가 후각을 통해 상황을 인지할 때 다른 감각보다 수배는 빠르게 추억이나 기억을 불러올 수 있으며 그에 딸린 감정들까지 되살아나게 된다. 게다가 후각은 가장 많은 종류의 신경세포를 가지고 있는 감각이다. 시각은 원추세포와 3종류의 간추세포로, 피부감각은 통점, 압점, 냉온점, 촉각점을 느끼는 5가지의 신경세포로, 미각은 수십여 개의 미각수용체로 자극을 받아들인다. 그러나 후각은 현재까지 밝혀진 것만으로도 수백 개가 넘는 종류의 신경세포가 상호작용을 이루며 우리의 머릿속에서 향기를 재구성해내고 있다. 우리는 모두 똑같은 종류의 후각세포를 지니고 있지 않다. 그렇기 때문에 누군가와 꽃밭을 함께 거닐어도 내가 느끼는 꽃향기와 그의 꽃향기가 일치할 가능성은 높지 않다. 개인이 어떤 향에 대해 내린 정의나 선호도를 보편적인 잣대로 사용할 수 없는 이유가 바로 이것이다.

Osmothèque〔오스모떼끄〕 : 오스모떼끄는 냄새, 향기를 의미하는 Osmè와 창고를 의미하는 Theke의 합성어로 1990년 베르사유에 세워진 향수 저장소이다. 창설 멤버로는 장 빠뚜의 전속 조향사였던 장 케를레오Jean Kerléo와 에르메스를 대표했던 장 끌로드 엘레나 등이 있다. 현재까지 약 3,200개를 보관중이며 이중 400여 종은 단종된 향수로 오직 오스모떼끄에서만 만나볼 수 있다. 이 컬렉션의 목적은 전 세계의 향수 유산을 보존하고 다음 세대로 온전히 전달하기 위한 것이라고 한다. 오늘날에는 겔랑 가문의 파트리샤 드 니꼴라이Patricia de Nicolaï를 필두로 역사적인 작업이 이어지고 있다. 오스모떼끄는 또한 그들이 위치한 이집카에서 정기적으로 콘퍼런스를 주최하여 대중에게 향 문화를 알리는 데도 힘쓰고 있다.

Orgue à Parfums〔오르그 아 파팡〕 : 조향에 사용되는 향료들을 모아둔 조향사의 작업판이다. 향료병이 세워져 있는 모습이 흡사 오르간Orgue처럼 보여 '향수의 오르간'이라 불린다. 조향사의 편의에 따라 알파벳순으로 나열해놓거나, 파미 올팍티브별로 그룹을 짓거나 하는 등 여러 가지 방식으로 원료를 정리할 수 있다. 나는 오늘도 원목으로 된 오르그 아 파팡에 내가 원하는 모든 원료를 진열할 수 있는 날을 꿈꾼다.

Orientale〔오리엔탈〕: 7가지 향수 계열 중 마지막으로 소개되는 오리엔탈의 출현은 겔랑 향수와 깊은 연관을 맺고 있다. 오리엔탈을 직역하면 '동양의' '동양적인'의 뜻이지만 이 계열에 속하는 향수를 맡아보았을 때 정작 우리와 같은 동양 사람은 되려 이국적인 향이라고 생각할 것이다. 그 이유는 1921년 오리엔탈 향수의 시초 샬리마를 탄생시킨 자끄 겔랑의 동양이 인도에 국한되었기 때문이다. 인도 무굴제국의 샤자한 황제가 너무나도 사랑했던 뭄 타즈마할 황후의 죽음을 기리며 눈물로 지어올린 찬란한 무덤 타지마할. 그리고 그들이 사랑을 나누던 왕의 정원 샬리마. 자끄 겔랑은 우리에게도 익히 알려진 이 애잔한 러브스토리를 아름다운 향으로 승화시켰다. 지키부터 시작된 겔랑 향수의 DNA, 게를리나드Guerlinade를 바탕으로 그 당시 새로 합성된 화학 원료였던 에틸바닐린Ethylvaniline을 사용하여 바닐라의 중후한 부드러움이 더해졌다. 그 이후 샬리마는 메가 히트를 기록하며 유행을 선도하는 조향계의 레퍼런스로 자리잡았다. 이렇듯 오리엔탈 계열 자체가 한 향수에서 파생되었기 때문에 1가지 원료로 대변되지 않는 복합적인 특징을 가진다. 그중에서도 가장 두드러지는 특징이라면 재스민이나 이리스가 주는 짙은 플로랄 혹은 파우더리한 느낌, 바닐라에서 풍겨오는 달콤한 부드러움, 아니말 계열 원료의 관능적인 향 정도로 추릴 수 있다. 겔랑의 아비 루즈Habit Rouge를 시작으로 남성들도 오리엔탈 계열에 관심을 갖기 시작했고, 티에리 뮈글러의 엔젤이 구르망 오리엔탈Gourmand Oriental, 일명 '맛있는 향수' 시대를 열었다. 이렇게 찬란한 과거를 가지고 있음에도 오리엔탈 향수의 전성기는 이제 막 시작되었다고 할 수 있다. 현재 프랑스에서 가장 많이 팔리는 여성 향수(2015년 기준) 랑콤의 라 비 에 벨을 필두로 이브 생로랑의 블랙 오피엄Black Opium, 2014, 겔랑의 라 쁘띠 로브 누아르La Petite Robe Noire, 2012 등 여러 오리엔탈 향수들이 시장을 장악하며 이것을 증명하고 있다.

Oud[우드] : 프랑스어로는 깔랑박Calambac, 영어로는 아가우드 Agarwood, 한국어로는 침향나무. 다양한 명칭을 불리지만 향수에 관심이 있는 사람이라면 우드Oud라는 이름에 가장 먼저 반응할 것이다. 니치 향수 시장에서 등장하기 시작한 우드는 특이한 향을 찾는 시향인들 사이에서 가장 핫한 원료로 떠올랐다. "나는 우드 향이 좋아!"라고 말하는 사람 중에 우드가 어떤 나무이고, 어디서 왔는지 알고 있는 사람이 몇이나 될까. 사실 조향계에서 사용되는 우드는 열대우림에서 서식하는 특정한 종의 나무가 밑둥이 썩어가면서 자연스럽게 생성해내는 물질이다. 썩은 나무의 송진에서 직접 추출하기도 하며 조각이나 가루 형태로 보관하였다가 추출하기도 한다. 특유의 향과 약재로 쓸 수 있는 효능 때문에 유럽과 중동 지방에서 많이 사용되었는데, 재미난 점은 예로부터 우리나라가 우드의 주요 수입국이었다는 것이다. 귀한 한약재로 사용되던 침향나무는 유럽으로 건너가 우드로 개명하여 가장 트렌디한 원료가 되었다. 그러나 이렇게 인기 많은 우드에게도 큰 단점이 하나 있다. 우드의 향은 자연이 조성해놓은 환경과 시간을 타고 흐르며 만들어지기 때문에 가격이 매우 비싸다. 향료 가격은 킬로당 800만 원에서 품질에 따라 1,000만 원까지 치솟기도 한다. 흡사 미르와 같은 구수함을 풍기고 나무라고 할 수 없을 정도로 육감적인 향을 담고 있는 우드가 니치 향수 브랜드에만 주로 모습을 드러내었던 것도 이 때문이다. 몇 년 전 한 남성 그루밍 브랜드가 우드 제품 라인업을 선보였다. 짐작하건대 화학 원료로 재구성한 우드 바즈를 사용했을 것이다. 그 당시 한 교수님께서는 우드의 종말을 선언하셨다. 이제 더이상 우드가 조향계에서 특별하지 않게 된 것이다. 그는 곧이어 이 말도 덧붙였다. 머지않아 조향사들은 더 참신한 향기를 찾아 시장에 선보일 것이라고.

Oxydation〔옥시다시옹〕: 산화반응을 의미하는 프랑스어이다. 향료와 반응하여 일어나는 산화반응은 향을 변질시키고 부산물을 만들어낸다. 향수와 코스메틱 제품에는 이러한 부작용을 막기 위한 몇 가지 장치가 이미 마련되어 있다. 산화반응은 일반적으로 3가지 요소로 인해 발생한다. 햇빛에 포함된 자외선, 세균활동 그리고 열이 그것이다. 그러므로 우리가 사용하는 향수 안에는 물, 알콜, 향료뿐만 아니라 에틸엑실메톡시신나메이트 Ethyl Hexyl Methoxycinnamate나 에틸엑실 살리실레이트Ethyl Hexyl Salicylate 같은 UV 차단제와 페녹시에탄올Phenoxyethanol 같은 방부제가 소량으로 첨가되어 있다. 그러나 플라꽁에 온도 조절장치를 달아놓지 못하기 때문에 조향사들은 대부분 향수와 향료를 냉장 보관한다. 향수를 최대한 길게, 또 온전한 향으로 사용하고 싶다면 햇빛을 피할 수 있는 서늘한 장소에 진열해놓는 것이 좋다.

P

Palette Olfactive〔빨렛뜨 올팍티브〕: 조향사가 갖추고 있는 후각적 이미지의 집합을 의미한다. 빨렛뜨 올팍티브는 지금껏 맡아왔던 냄새와 향기를 저장하고 있을 뿐 아니라 그 향들의 새로운 조합까지 가능하게 해준다. 이것은 마치 화가가 물감판 안에서 여러 색을 섞어 새로운 색을 탄생시키는 것과 같다. 그렇기에 나는 빨렛뜨 올팍티브가 후각적 상상력과 강한 연관성을 갖는다고 생각한다. 색 감수성이 뛰어난 화가는 자신의 물감판에 적은 수의 물감이 있어도 그 안에서 자신만의 색을 배합해낼 수 있는 것처럼 후각적 상상력이 뛰어난 사람은 직접적으로 원료를 공부하지 않았더라도 본인의 빨렛뜨 올팍티브에서 여러 향의 조합을 그려내는 것이 가능하다. 영화〈향수〉에서는 내가 전달하고 싶은 바를 표현한 장면이 잠깐 스쳐지나간다. 나는 주인공 장 바티스트 그르누이Jean-Baptiste Grenouille를 단지 후각이 유별난 사람이 아니라 경이로운 수준의 후각적 상상력을 갖춘 사람으로 평가하고 싶다. 그르누이의 재능을 알아본 조향사 주세페 발디니Giuseppe Baldini는 그라스에서의 활동을 용이하게 해주는 장인 증서를 써주는 조건으로 100가지 향 공식을 요구한다. 그르누이의 머릿속에는 이미 수천 가지의 향이 펼쳐져 있었지만 그의 요구대로 100가지를 추려 전달한다. 물론 영화 속에서 절대 후각이라는 소설적 요소가 가미되어 가능한 일이었지만 그르누이와 발디니의 만남이 빨렛뜨 올팍티브와 후각적 상상력을 시각적으로 보여주는 흥미로운 대목인 것만은 분명하다.

Paris〔파리〕: 파리는 프랑스의 수도로서 예술, 문화, 경제의 중심지이자 서유럽 최대의 도시이다. 그리고 파리는 센강이 흐르고 에펠탑이 우뚝 솟아 있는 낭만의 도시이다. 개성 넘치는 패션 리더나 지하철에서도 키스를 나누는 연인들을 쉽게 목격할 수 있는 자유로운 도시이기도 하다. 또 파리는 연간 5,000만 명 이상의 관광객이 드나드는 세계 최대의 관광도시이다. 그러나 나에게 파리는 무엇보다도 향수의 도시이다. 흡사 명동을 떠올리게 하는 샹젤리제 거리에서도, 내가 살던 15구 마을의 한적한 거리에서도 우리는 파퓨메리를 쉽게 찾을 수 있다. 희귀한 니치 향수들이 진열된 편집숍을 방문하는 것도 파리에서는 그리 어렵지 않다. 게다가 우리가 애용하는 대부분의 향수 브랜드 이름 밑에는 작은 글씨로 파리가 새겨져 있을 것이다. 그렇다면 파리는 언제부터 향수의 도시라는 칭호를 거머쥐게 되었을까. 앞서 언급한 루이 15세나 마리 앙뚜아네뜨의 황실 조향사들 덕분일까. 그러나 이들은 왕가에 소속되어 베르사유에서 활동했기 때문에 파리와 연관시키기에는 무리가 있어 보인다. 예로부터 프랑스의 조향산업은 주원료의 생산지인 그라스를 중심으로 발전해왔다. 공업화의 바람이 불어온 18세기 말에 와서는 수작업으로 다루어지던 원료를 공장에서 대량으로 생산할 수 있게 되었다. 그러자 상업의 중심지 파리로 진출하는 그라스의 향료 업체들이 늘어났고 그에 맞춰 파리에 향수가게를 차리는 조향사들이 생겨났다. 이것이 바로 파리 전성시대의 시작이었다. 부르봉Bourbons 왕조에게 향수를 납품했던 루방Luvin과 푸제르 로얄, 껠끄 플뢰르Quelques Fleurs, 1912 등 전설적인 향수들을 탄생시킨 우비강은 파리에 문을 연 최초의 파퓨메리들이다. 루방과 우비강, 그리고 겔랑이 합세한 19세기, 샤넬과 디오르 등 디자이너들이 이끌었던 20세기를 지나 니치 향수들의 향연이 펼쳐지는 오늘날까지 파리는 항상 조향계의 주인공임을 증명해왔다. 그렇기에 향을 사랑하는 사람으로서 파리는 사랑에 빠질 수밖에 없는 도시이다.

Parfum(파팡) : 프랑스에서 향수는 '환경, 버섯, 동물, 식물에서 발하는 다소 지속성이 있는 냄새나는 조합물이나 냄새, 그리고 실내 공기나 동물, 사물에 향을 내거나 화장의 용도로 사용하기 위해 픽사뙤르Fixateur, 용매, 향료를 통해 재현, 창조된 발산물 혹은 자연 물질의 발산물'이라는 사전적 정의를 갖는다. 쉽게 말해 자연과 인간이 어떤 목적을 갖고 만든 모든 향기를 우리는 향수라고 부를 수 있다. 그러나 파팡의 어원은 자연이 아닌 인간의 문화에서 찾을 수 있다. '연기로부터'라는 뜻의 라틴어 per fumum이 프랑스로 건너오면서 par fumée가 되고, 시간과 함께 언어적 변형을 거치며 parfum이라는 단어가 탄생하게 되었다. 애초에 왜 향수가 연기에서 태어나게 되었는지는 고대 제사장들이 치르던 종교 의식에서 드러난다. 고대 국가의 제사장들은 향기 나는 물질을 태우며 연기를 내 하늘에 있는 신과 소통하려고 했다. 키피가 바로 그 좋은 예다. 재미난 점은 시간이 지나면서 향수의 형태나 쓰임새는 다양해졌어도 본질은 변하지 않았다는 것이다. 향수의 핵심은 연결이다. 인간과 신, 사람과 사람, 예술가와 세상, 나와 타인을 가장 심미적으로 연결해주는 매개체는 언제나 향수였다. 앞으로도 누군가는 길을 걷다 자연이 건네는 향수를 맡고, 누군가는 향수를 만들며 메시지를 담고, 누군가는 향수에 담긴 메시지를 받아들이며 끊임없는 연결을 해나갈 것이다.

Parfumerie〔파퓨메리〕 : '향수와 관련된 것'을 의미하는 프랑스어이다. 프랑스에서는 일반적으로 향수전문점을 지칭하는 단어로 사용된다. 향수가 하나의 문화로 자리잡은 프랑스에는 세포라Sephora, 노치베Nocibe, 마리오노Marionnaud 등 여러 파퓨메리가 존재한다. 이곳은 최신 매스 퍼퓸들이 시시각각 업데이트되는, 향수애호가들에게 가히 천국 같은 장소이다.

Patchouli〔파출리〕 : 부아제 무스Boisée Mousse 향 계열을 대표

하는 자연 원료이다. 이끼류 나무라는 뜻을 가진 이 계열의 특징은 무스 드 쉔에서 가장 잘 드러난다. 이끼는 물론이고 곰팡이와 버섯을 연상시키는 향에 매우 습한 땅 내음이 섞여 올라온다. 그러나 파출리는 무스 드 쉔이나 에베르닐 같은 전형적인 부아제 무스 원료들과는 또다른 색을 뽐낸다. 일반적인 부아제 계열 원료처럼 따스함을 품고 있으며 첫 향취부터 느껴지는 달콤함이 오래 지속된다. 아직도 생생하게 떠오르는 파출리와의 첫 만남에서 나는 초코민트 향의 아이스크림을 떠올렸다. 안개처럼 퍼져나가는 습기와 따스하게 번져오는 열기가 함께 담겨 있는 파출리의 역설적인 향기는 존재만으로도 미학적이다. 이 원료는 주로 필리핀이나 인도네시아 일대의 열대우림에서 자라나며 자연 상태에서는 고유의 향이 발향되지 않는다고 한다. 말린 파출리 잎은 일련의 숙성과정을 거치면서 파출롤 Patchoulol 같은 떼르펜 물질을 생성하여 조향사의 오르간에 들어올 자격을 갖춘다. 과거로부터 파출리가 앞서 언급된 무스 드 쉔, 앙브레 노트와 함께 시프레 계열 향수의 3가지 중심 원료로 조향계를 빛내왔다면, 오늘날에는 특유의 달콤한 향취로 오리엔탈 구르망 향수의 유행을 선도하고 있다. 파츌리가 돋보이는 대표적인 향수로 남성 시프레 향수의 클래식으로 불리는 지방시의 젠틀맨Gentlemen, 향료 본연의 매력을 몰리나르의 색깔로 뽑아낸 파츌리 앵땅스Patchouli Intense, 파츌리가 과하게 처방된 향기로 인기를 끌었던 티에리 뮈글러의 엔젤을 꼽을 수 있다.

Patricia de Nicolaï[파트리샤 드 니꼴라이] : 파트리샤 드 니꼴라이는 겔랑 가문의 마지막 조향사 장 폴 겔랑의 조카로 태어났다. 대학교에서 화학을 전공한 뒤 가업을 잇기 위해 이집카에 진학하였지만 그 당시 여성이 가문의 마스터 조향사가 되는 것은 쉬운 일이 아니었다. 다행히 조향사의 피를 물려받은 그녀는 꿈을 포기하지 않고 자신의 길을 찾아나갔다. 졸업 후 플로라신스Florasynth와 퀘스트에서 조향사로 활동했고 1988년에는 국제 최고 조향사상을 수상하며 재능을 증명해냈다. 그리고 1989년, 마케팅에 좌우되지 않고 최고의 퀄리티만을 추구했던 초대 겔랑의 정신을 이어받은 파퓨메리, 니꼴라이Nicolaï가 파리 14구에 문을 연다. 향수 부띠끄 옆 편에 함께 있었던 그녀의 연구실 덕분에 방문객들은 유리창 너머로 조향사의 작업환경을 들여다볼 수 있었다. 니꼴라이의 첫 작품 뉴욕New York, 1989은 저명한 과학자이자 향 비평가인 루카 튜린Lucas Turin의 찬사를 받은 일화로 유명하다. 향수를 뿌리면 상큼한 에스페리데 계열 원료와 오묘한 에피쎄 계열 원료들이 시작부터 강한 인상을 남기고, 그들이 떠난 자리에는 발사믹 계열 원료들이 부드럽게 깔린다. 이 향을 맡고 있자면 루카 튜린이 아닌 그 누구의 찬사를 받아도 아깝지 않다는 생각이 든다. 오늘날 오스모떼끄의 관장을 맡게 된 파트리샤 드 니꼴라이는 끊임없는 향 개발과 철저한 품질관리를 통해 프랑스 향수의 전통을 이어가고 있다.

Poudrée〔뿌드레〕 : 분말이나 가루를 뜻하는 프랑스어 뿌드르 Poudre에서 파생된 형용사이다. 파우더리Powdery로 통용되는 이 표현은 파우더에서 느껴지는 텁텁하지만 부드러운 향을 묘사할 때 사용된다. 바이올렛이나 이리스의 향을 닮은 메틸 이오논 감마와 이오논 베타는 뿌드레한 꽃향기라는 뜻의 플로랄

뿌드레 계열에 속한다. 갈락솔리드와 같은 뮤스께 계열 원료에

서도 이와 비슷한 향취를 잡아낼 수 있다.

Quinoléine

Quinoléine〔끼놀레인〕: 체코인 화학자 스크라우프Skraup가 합성에 성공하며 탄생한 끼놀레인은 조향계에서 사용되기까지 50년의 세월을 기다려야 했다. 콜타르에서 얻어지는 물질인 끼놀레인이 자연에서 발견된 것은 훨씬 이전인 1834년이지만, 100년이 지나도록 이 원료가 향수에 사용되지 않았던 이유는 무엇이었을까. 이 계열의 원료가 갖는 공통적인 특징은 불쾌하게 느껴질 수도 있는 냄새가 코를 찌르듯 올라온다는 것이다. 역청과 비슷한 악취를 풍기는 물질을 향에 넣을 생각을 하는 조향사는 한동안 나타나지 않았다. 그러나 1944년, 화학산업에서만 사용되어왔던 끼놀레인은 로베르 피게Robert Piguet의 방디Bandit에서 처음으로 사용되면서 조향계에 발을 들였다. 이 향수에 사용된 이소 뷰틸 끼놀레인Iso Butyl Quinoléine, IBQ은 시큼한 피클 냄새가 날카롭게 치고 들어오는 시작 부분부터 무거운 가죽 향이 오래 지속되는 마지막까지 다양한 모습을 보여준다. 방디는 샤넬의 역작, 뀌르 드 루씨의 계보를 잇는 뀌르 계열의 여성 향수이다. 당시 두 향수는 길거리에서 당당히 담배를 피우는 여성을 위한 향수라 불렸다고 한다. 이렇듯 담배 향과 가죽 향은 오묘하게 어우러진다. 두 향의 아꼬르에는 공통된 원료들이 많이 사용되며 그 중심에 있는 것이 IBQ라고 할 수 있다. 이 원료가 가져다준 가장 큰 장점은 담배나 가죽 향을 화학 원료를 통해 합리적인 가격으로 재현해낼 수 있게 되었다는 것이다. 가죽과 담배는 그 자체로 이미 상품성을 갖고 있는 가공품이기 때문에 그것에서 추출해낸 원료는 2차 가공품으로서 가격이 더욱 높게 형성될 수밖에 없었다. 또한 이전에는 가죽이나 담배의 품질이 향을 결정짓는 중요한 요소였지만, IBQ가 사용되고 난 이후에는 천연 원료의 가격이나 품질에 얽매이지 않는 여러 향들이 탄생하게 되었다.

> R

Rectification〔렉티피까시옹〕 : 원료에 포함된 불순물을 제거하는 공법을 의미한다. 이미 추출법을 거쳐 얻어진 천연 원료를 대상으로 이루어지는 2차 가공법으로 중금속이나 과도하게 포함된 떼르펜 성분을 제거하기 위해 사용한다. 떼르펜을 제거했다는 의미인 데떼르페네Deterpénée가 붙은 윌 에쌍시엘도 이 공법이 사용된 원료이다. 오늘날에 와서는 기술의 발전으로 저온 진공상태에서 렉티피까시옹을 진행하여 원료의 손상을 막을 수 있게 되었다.

Rose〔로즈〕 : 모두가 로즈를 꽃의 여왕이라 부른다. 로즈의 외적인 아름다움에 기인한 이 표현은 그것의 향에도 동일하게 적용될 수 있다. 모두가 알다시피 로즈는 겉모습 못지않게 사랑스러운 향기를 품고 있기 때문이다. 그리고 이 향은 셀 수 없을 정도로 많은 향수에 적용되며 인류의 사랑을 받아왔다. 내가 아는 가장 헌신적인 여왕임이 분명하다. 레드, 핑크, 블랙, 옐로우, 화이트 등 로즈가 뿜낼 수 있는 색이 다양한 만큼 그의 향도 여러 가지 모습을 가지고 있다. 예를 들어 로즈 드 메Rose de Mai로 불리는 로사 쌍티폴리아Rosa Centifolia의 압솔류는 우리가 머릿속으로 상상하는 장미 향과 흡사하지만, 로사 다마쎄나Rosa Damascena의 윌 에쌍시엘은 상대적으로 무게감이 떨어지고 밝지만 날카로운 향취를 갖는다. 그러나 로즈는 가격이 어마어마하게 비싸다는 단점을 가지고 있다. 1킬로의 윌 에쌍시엘을 얻기 위해서는 3톤이 넘는 장미 잎을 사용해야 한다. 아닉 구딸에는 이 고급스러운 원료와 사랑에 빠진 사람을 위한 클래식 향수가 존재한다. 로즈 압솔루트Rose Absolute, 1984는 산뜻한 놋드 떼뜨부터 색이 짙어져 중후해진 놋 드 퐁까지 시향자가 로즈 본연의 매력을 만끽하게 해준다. 평소 애용하던 로즈 향수가 있다면 정원으로 나가 진짜 장미꽃의 향기와 비교해보는 것도 나쁘지 않다. 시중에 나와 있는 대부분의 향기는 자연이 만든 향수의 이미따시옹일 테니 말이다.

Résinoïde〔레지노이드〕: 카스토레움이나 뱅주앙, 오포포낙스 등의 천연 원료로부터 용매추출법을 이용해 얻어낸 고체성 물질을 의미한다. 이 물질을 알콜 같은 기화성 용매로 세척과정을

거치면 입술류를 얻을 수 있다.

S

Santal〔상탈〕: 히말라야 일대와 호주에 서식하는 독특한 향을 가진 나무이다. 따뜻하고 우유처럼 부드러운 향을 가진 상탈은 부아제 계열의 대표주자이다. 인도와 네팔에서는 이 나무를 종교적인 목적으로 많이 사용하였다. 힌두교에서는 제3의 눈을 보호하기 위해 이마에 상탈 반죽으로 만든 곤지를 찍었고, 불교에서는 이것이 번뇌를 잡아준다 하여 기도나 명상 중에 향으로 피웠다. 네팔 상탈과 호주 상탈은 모두 조향계에서 사용되지만 두 원료는 서로 다른 향취를 갖는다. 네팔산이 더 깊고 따뜻한 향을 내며 호주산은 송진 냄새가 진하다. 진귀한 원료인 상탈은 예전부터 높은 가격으로 유명하였는데 최근 들어서 인도 정부가 멸종 위기에 몰린 네팔 상탈을 규제하면서 가격 외적인 부분에서도 제한을 받아 그 사용이 더욱 어려워졌다. 그럼에도 불구하고 상탈 특유의 포근하고 고급스러운 향취는 조향계에서 꾸준한 사랑을 받고 있다. 그의 매력은 세르쥬 루땅Serge Lutens의 상탈 마쥬스퀼Santal Majuscule, 2012에서 잘 드러난다. 또 르 라보Le Labo의 상탈 33Santal 33, 2011에서는 상탈이 고혹적인 뀌르 노트와 파우더리한 이리스를 품으며 한층 더 우아한 향을 선보인다.

SFP Société Française des Parfumeurs〔소시에떼 프랑제즈 데 파퓨뢰르〕: 프랑스 조향사 협회. SFP는 1942년 쥐스탱 듀퐁Justin Dupont, 가브리엘 마쥬이에Gabriel Mazuyer, 마르셀 비오Marcel Billot, 세바스띠앙 사베떼Sébastien Sabetay 등 여러 명의 프랑스 조향사들에 의해 설립된 단체이다. 초창기에는 '조향계 전문 그룹'이라는 뜻의 그루쁘망 떼끄닉 드 라 파퓨메리Groupement Technique de la Parfumerie를 명칭으로 사용하였으나 몇 번의 개명을 거쳐 현재의 이름을 갖게 되었다. 이 단체의 목적은 파퓨뢰르 크레아뙤르Parfumeur-Créateur, 즉 창작자인 조향사의 위상을 드높이고 프랑스 향수의 품질과 기술을 보호하며 그것을 발전시키는 것이다. 오늘날 조향사를 비롯해 향 평론가, 마케팅 전문가, 과학자 등 조향계와 관련을 맺은 900여 명의 전문가들이 가입되어 있다. 특이하게도 타이틀은 프랑스 협회지만 구성원들의 국적은 프랑스에 국한되어 있지 않고 상당히 국제적이다. 1990년 장 케를레오의 주도하에 세워진 오스모떼끄와 함께 이집카에

위치해 있으며 가입하기 위해서는 구성원 2명 이상의 추천을

받아야 한다.

Solvant〔솔방〕: 용매를 의미하는 프랑스어이며, 영어로는 솔벤

트Solvent라 불린다. 18세기 장 마리 파리나의 오 드 꼴로뉴 이

후 알콜이 향수의 주 용매로 쓰이고 있다. 그러나 향수는 알코

올과 향료만으로 이루어진 것이 아니라 일정 비율 정제수가 용

매로써 사용되며, 세밀한 조향을 목적으로 DPGDipropylene Gly-

col, IPMIsopropylene de Methyle, DEPDiethylpropylene 등 추가적

인 솔방에 원료를 희석하여 작업하기도 한다. 또한, 솔방은 만

들고자 하는 제품에 따라 종류가 달라진다. 디퓨저를 만들 때

는 MMB가, 퍼퓸 캔들을 만들 때에는 DOADioctyl Adipate가 용

매로 사용된다. 각 용매의 특성을 잘 파악하고 그들을 알맞게

배합하여 사용하면 제품의 발향성이나 잔향성도 향상시킬 수

있다.

Sophia Grojsman〔소피아 그로스만〕: 최근 30년간 세상에서 가

장 유명한 향수들을 창조해낸 스타 조향사이며 현재는 세계 3대 향료회사인 IFF부회장직을 맡고 있다. 프뤼떼 노트로 포인트를 준 장미 향을 만드는 데 능했으며, 갈락솔리드와 이조 으 슈페르의 조합을 애용하였다. CK의 이터니티Eternity, 1988, 에스테 로더Estée Lauder의 화이트 리넨White Linen, 1978, 이브 생로랑의 파리Paris, 1983와 이브레스Yvresse, 1993 등 그녀의 히트작은 세월 속에서 매력을 더해가며 대중의 코를 사로잡고 있다.

Symrise〔시므라이즈〕 : 독일 홀츠민덴Holzminden을 연고로 두고 있는 국제향료기업이다. 시므라이즈는 2003년 같은 지역에 위치한 두 향료회사 하르만&라이머Haarmann&Reimer, H&R와 드라고코Dragoco가 합쳐지면서 탄생했다. 이러한 이유로 시므라이즈의 로고에는 두 기업을 상징하는 새와 용이 새겨져 있다. 바닐린을 최초로 합성한 역사를 지니고 있는 H&R과 식품 연구 분야에서 강세를 보여온 드라고코는 합병 이후 서로의 장점을 빠르게 흡수하며 성장해나갔다. 오늘날 시므라이즈는 세계 향료업계에서 네번째로 높은 매출을 기록하며 독일을 대표하는 향료기업으로 거듭났다.

T

Takasago

Ténacité

Terpène

Takasago〔타카사고〕: 유수의 유럽 기업들을 제치고 세계 시장에서 다섯번째로 높은 매출을 기록중인 일본의 향료기업이다. 여러 일본 향료회사들이 식품 향을 주력으로 삼고 있는 것과 달리 타카사고는 프랑시스 커정과 제롬 디 마리노Jérôme Di Marino 같은 유명 조향사들과 함께 파인 프라그랑스Fine Fragrance에도 많은 노력을 기울이고 있다. 향료뿐 아니라 화학공학 분야에서도 강세를 띠고 있으며 2001년에는 소속 연구원이 노벨화학상을 수상하였다.

Ténacité〔떼나시떼〕: 점착성을 의미하는 프랑스어이며 조향계에서 향이 지속되는 정도를 나타내는 용어이다. 가장 기본적으로 놋드 떼뜨, 놋드 쾨르, 놋드 퐁의 3가지 노트로 표현되고 좀더 세분화하기 위해 놋 드 떼뜨/쾨르Note de Tête/Cœur, 놋 드 쾨르/퐁Note de Cœur/Fond과 같이 2개 이상의 노트를 합쳐 사용하기도 한다. 향은 항상 주관적이기 때문에 세간에 알려져 있는 떼나시떼를 공감하지 못하는 경우가 간혹 발생한다. 이런 상황에서 향을 효과적으로 공부할 수 있는 가장 좋은 방법은 직접

향료를 맡아보고 지속력을 측정해가며 자신만의 떼나시떼를 찾아가는 것이다.

Terpène〔떼르펜〕 : 이소프렌Isoprène을 단위로 하는 탄화수소체를 의미한다. 2개의 이소프렌으로 이루어진 떼르펜을 모노떼르펜Monoterpène, 3개를 쎄스끼떼르펜Sesquiterpène, 4개를 디떼르펜Diterpène이라 부르며, 8개 이상부터는 폴리떼르펜Polyterpène으로 구분한다. 소나무 잎이나 송진 같은 꼬니페르Conifère 계열 원료와 로즈마리와 같은 아로마틱 원료에는 알파 피넨alpha-Pinène과 깡프렌Camphène 같은 떼르펜이 포함되어 있다. 이 모노떼르펜들은 코가 뻥 뚫리는 청량감, 나무 진액의 느낌 등 앞서 언급한 원료들의 특징을 그대로 가지고 있다. 떼르펜의 역할은 여기서 끝나지 않는다. 장미, 제라늄을 비롯해 플로랄 계열 자연 원료에 빠지지 않는 제라놀과 아그룸, 감귤류 원료의 뼈대를 이루는 리모넨 또한 떼르펜이며, 이들은 화학반응을 거쳐 씨트로넬롤Citronellol과 이오넨류 원료로 변모할 수 있다. 그러나 대부분의 떼르펜류 원료들은 알레르기 반응을 일으키므로 사용에 주의를 기울여야 한다.

V

Vanilline〔바닐린〕 : 주로 바닐라나 뱅주앙에서 발견되는 화학 원료이다. 바닐린은 떠오도르 니꼴라Théodore Nicolas가 바닐라로부터 첫 추출에 성공하면서 세상에 알려졌고 1874년 화학적 합성을 통해 본격적으로 상용화되었다. 이 원료는 1889년 에메 겔랑의 지키를 통해 조향계로 발을 들인다. 부드럽고 달콤하며 고소한 향까지 풍기는 바닐린은 푸제르 로얄에서 처음 사용된 꾸마린과 함께 오리엔탈이라는 새로운 향 계열의 탄생을 선언했다. 오리엔탈 계열의 핵심 원료인 바닐린은 궁합이 맞지 않는 향을 찾기 어려울 정도로 현대 조향계에서 필수불가결한 요소가 되어버렸다.

Vaporisateur〔바포리자뙤르〕 : 향수를 구성하는 요소로서 플라꽁에 담긴 쥬를 공기 중으로 퍼뜨리는 기계적 장치이다. 19세기에는 바포리자뙤르가 존재하지 않아 향수를 향주머니나 작은 병에 담아 다녔다. 재미있게도 바포리뙤르를 최초로 고안한 것은 작가 브리아 –사바랑Brillat-Savarin이다. 그는 향수의 사용을 간편화하기 위해 공기주머니를 달아 그것을 누름으로써 향수를 분사시키는 장치를 발명해냈다. 오늘날에는 버튼을 눌러 향수를 분사시키는 형태가 보편화되었지만 디자인적 측면을 극대화시키기 위해 공기주머니를 단 제품이 등장하기도 한다.

Venice〔베니스〕: 르네상스가 시작되면서 유럽에 드리웠던 중세의 먹구름은 점차 옅어져갔다. 이 문화부흥운동을 이끌었던 것은 향수와 미의 땅이라 불리던 이탈리아였다. 피사, 밀라노 등 이탈리아의 주요 도시들은 예술, 문학, 과학을 번영시켜나갔다. 그중에서도 베니스는 향수의 도시로 이름을 알렸다. 사실 그 당시 베니스는 이탈리아의 도시가 아닌 하나의 공화국이었다. 100개가 넘는 작은 섬으로 이루어진 베니스 공화국은 지리적 특성상 동양에서 건너온 다양한 문물들이 유럽으로 흘러들어가는 관문이자 교역지 역할을 하였다. 이러한 이유로 베니스에는 에피쎄 계열 원료를 비롯해 조향에 사용되는 여러 가지 원료들이 모여들었고, 자연스레 향수의 중심지로 거듭나게 되었다. 역사에 기록된 최초의 파퓨메리, 향수전문점 또한 베니스에서 탄생했다. 조향사들이 오렌지꽃과 장미, '앙브르 그리, 끌

295

루 드 지로플 등 여러 원료를 통해 만들어내는 향기는 뮤라노 Murano섬의 유리세공인들이 뽑아내는 미학적인 병에 담겨지며 비로소 완성되었다. 일반인들 사이에서도 향은 크게 유행하였는데, 식사 자리에는 항상 향을 낸 음료가 곁들여 나왔고, 가면 카니발이 열리는 날이면 마을 전체가 뮤스크와 씨벳의 향으로 물들었다고 한다. 오늘날 세계에서 손에 꼽히는 관광지가 된 베네치아에서는 무역의 중심지였던 르네상스 시대의 영광을 간직한 향수 브랜드를 찾을 수 있다. 베니스의 상인The Merchant of Venice은 뮤라노섬에서 건너온 유리병을 사용하며 베니스의 조향예술을 이어가는 유일무이한 파퓨메리이다. 베니스를 여행하게 된다면 그들의 향수를 시향해보는 것을 잊지 말자.

Vert[베르뜨] : 녹색을 의미하는 프랑스어이다. 조향계에서는 풀과 나뭇잎, 아직 완전히 익지 않은 과일에서 맡을 수 있는 향을 묘사하는 형용사이자 그들의 향 계열로 사용된다. 주로 놋 드 쾨르로 발전되기 전에 나타나는 향으로 향수의 시작부에 상쾌함이나 '자연'스러운 느낌을 심어주는 역할을 한다. 베르뜨 계열 원료로는 씨스 투와 엑세놀Cis-3-Hexenol과 트리플랄Triplal 등이 있고 여러 플로랄 계열 원료와 프뤼떼 계열 원료의 첫 부분에서도 그들의 향취가 느껴진다. 색다른 베르뜨 노트를 만끽하고 싶다면 티에리 뮈글러의 오라Aura, 2017를 추천한다. 뤼바르브Rhubarbe가 뿜어내는 녹색 기운이 바닐라의 달콤함과 함께 잔향까지 지속될 것이다.

Vétiver〔베티베르〕: 인도, 아이티, 인도네시아 자바섬 등 열대지방에 서식하는 식물이다. 현지에서는 향신료나 민간요법의 재료로 사용되었고, 조향계에서는 증류법을 이용해 원료를 추출해낸다. 부아제 계열에 속하며 나무뿌리와 흙의 내음, 탄 나무의 향을 품고 있다. 베티베르 자바Vétiver Java와 베티베르 아이티Vétiver Haiti의 향취는 같은 베티베르일지라도 일반인도 구분할 수 있을 정도의 큰 차이를 보인다. 아이티산 베티베르는 비교적 차가우며 습한 느낌을 주는 반면, 인도네시아산은 고소한 향취가 진하며 굉장히 스모키하다. 독특한 매력을 지닌 베티베르는 겔랑 가문과도 연을 맺고 있다. 자끄 겔랑의 뒤를 이어 가

문의 조향사가 된 장 폴 겔랑은 스물두 살에 첫 작품을 선보였는데 그 향수가 바로 베티베르, 1959이다. 땅의 냄새를 품은 향수를 표방하고 있는 이 작품은 원료 본연의 향에 충실하면서도 담배 향을 곁들이고 에피쎄 계열 원료들로 특징을 잡아주어 매우 모던한 느낌을 준다. 나는 베티베르라는 원료가 지닌 아름다움이 있었기에 겔랑의 베티베르가 남성 향수의 레퍼런스로 자리잡을 수 있었다고 생각한다.

Ylang-Ylang

Yves Saint-Laurent

Ylang-Ylang〔일랑일랑〕 : 동남아 일대의 열대지방에 서식하는 카난가Kananga 나무의 꽃이다. 필리핀어로 '꽃 중의 꽃'이라는 의미를 갖고 있는 일랑일랑은 아로마 테라피를 통해 진정제로 사용되기도 하고, 과자나 음식의 향을 내는 데도 쓰이며 현지 사람들에게 큰 사랑을 받았다. 이 아름답고 이국적인 향기는 유럽 조향사들의 코를 매료시키기에도 부족함이 없었다. 플로랄 블랑슈 계열에 속한 이 꽃은 같은 계열인 재스민과 향취가 비슷하지만 더 에피쎄하고 진한 열대과일의 냄새를 품고 있는 것이 특징이다. 일랑일랑은 장 빠뚜의 조이, 디오르의 자도르 등 여러 향수에서 존재감을 드러내고 있지만 그중 가장 널리 알려진 향수를 꼽으라면 샤넬의 Nº 5라 하겠다. 샤넬의 역작 Nº 5는 독특한 알데이드 노트로 유명세를 탔지만, 100년이 넘는 스테디셀러로 자리매김할 수 있었던 원동력은 재스민과 일랑일랑의 우아함에서 나온다고 생각한다.

Yves Saint-Laurent〔이브 생로랑〕 : 20세기 오뜨 꾸뛰르Haute Couture 컬렉션을 완성한 세계적인 프랑스 디자이너이자 그의 예술 정신을 표방하는 패션 브랜드이다. 그는 뜨거운 태양이 자연의 색을 들추는 알제리에서 태어나 그곳에서 어린 시절을 보냈다. 파리로 상경하여 타고난 재능을 뽐낸 이 디자이너는 스물한 살의 젊은 나이에 크리스티앙 디오르 패션 하우스를 총괄하게 된다. 디오르에서의 첫 컬렉션을 화려하게 성공시킨 이브는 곧이어 본인의 이름을 건 브랜드를 열었다. 2년 후 그의 이니셜 'Y'는 이브 생로랑의 첫번째 향수로 재탄생했다. Y, 1964는 전형적인 시프레 계열 향수로 겔랑의 미츠코와 연관 지을 수도 있지만, 개인적으로는 톱 노트의 알데이드 노트와 파우더리한 이리스의 조합이 샤넬의 N° 19, 1970을 연상시킨다. 오늘날 이브 생로랑은 새 단장을 마치고 시향자의 곁으로 돌아온 Y뿐 아니라 중국 아편에서 영감을 받은 오피엄Opium, 2009, 소피아 그로스만의 파리, 카르다멈Cardamome과 꾸마린의 만남이 돋보이는 라 뉘 드 롬 등과 함께 세계 향수 시장을 주도하고 있다.

Z

Zesté

Zesté〔제스떼〕 : 감귤류 과일의 껍질에서 맡을 수 있는 향을 묘사할 때 사용되는 형용사다. 제스떼가 어떤 느낌을 표현하고자 하는지 단박에 알아차리고 싶다면 오렌지나 귤의 껍질을 코끝에 가져다 대면 된다. 혀 뒷부분을 끌어당기는 쌉싸름함과 막 짜낸 과즙의 상큼함. 이것이야말로 에스페리데 계열 자연 원료들의 진정한 특징이라 할 수 있다.

Outro

문득 이 페이지를 읽고 있을 당신에게

이곳에 꼭 향을 담고 싶었지만

그럴 수 없기에 글을 조금 더 남겨봅니다.

참으로 오래 원고를 붙들고 있었습니다.

한 글자 한 글자 책에 더하는 무게가

원료 한 방울의 그것처럼 느껴지던 날들이었습니다.

부끄러움에 차마 책으로 엮지 못한 시간이

서너 해 넘어갑니다.

덕분에 저는

글로 무언가를 추억하는 법을 익혔습니다.

글 위에 과거를 새기고 보니
제게는 그것이 전부 향이었나봅니다.

책의 마지막 장을 넘길 당신에게
그간 당신이 읽은 이 모든 페이지가
부디 향으로 남기를 바라는 마음입니다.

언젠가 또 글을 남기게 될지도 모르겠습니다.
저는 이만 본분으로 돌아가
다시 향을 만지겠습니다.

2020년 7월

김태형

나는 네 $\overline{\text{Nez}}$ 입니다

ⓒ김태형 2020

초판 1쇄 발행 2020년 7월 25일
초판 2쇄 발행 2021년 1월 18일

지은이 김태형
펴낸이 김민정
편집 유성원 김필균 김동휘 송원경
디자인 한혜진
마케팅 정민호 김도윤 최원석
홍보 김희숙 김상만 이소정 이미희 함유지 김현지 박지원
제작 강신은 김동욱 임현식
제작처 한영문화사
펴낸곳 난다
출판등록 2016년 8월 25일 제406-2016-000108호
주소 10881 경기도 파주시 회동길 210
전자우편 nandatoogo@gmail.com **트위터** @blackinana **인스타그램** @nandaisart
문의전화 031-955-8865(편집) 031-955-3570(마케팅) 031-955-8855(팩스)

ISBN 979-11-88862-62-7 03810

○이 책의 판권은 지은이와 (주)난다에 있습니다.
○이 책 내용의 전부 또는 일부를 재사용하려면 반드시 양측의 서면 동의를 받아야 합니다.
○난다는 (주)문학동네의 계열사입니다.
○이 도서의 국립중앙도서관 출판예정도서목록(CIP)은 서지정보유통지원시스템 홈페이지
　(http://seoji.nl.go.kr)와 국가자료종합목록 구축시스템(http://kolis-net.nl.go.kr)에서
　이용하실 수 있습니다.(CIP제어번호: 2020001731)
○잘못된 책은 구입하신 서점에서 교환해드립니다.
　기타 교환 문의 031)955-2661,3580